U0112755

天空之城

孙频 ▷著

江苏凤凰文艺出版社
JIANGSU PHOENIX LITERATURE AND
ART PUBLISHING

图书在版编目(CIP)数据

天空之城 / 孙频著. —南京:江苏凤凰文艺出版
社,2024.2

　ISBN 978-7-5594-4289-5

Ⅰ.①天…　Ⅱ.①孙…　Ⅲ.①中篇小说-中国-当代
Ⅳ.①I247.5

中国国家版本馆 CIP 数据核字(2023)第 250050 号

天空之城

孙频　著

出 版 人　张在健
责任编辑　胡　泊　李　黎　孙建兵
特约编辑　王　怡
责任印制　杨　丹
出版发行　江苏凤凰文艺出版社
　　　　　南京市中央路 165 号,邮编:210009
网　　址　http://www.jswenyi.com
印　　刷　苏州市越洋印刷有限公司
开　　本　787 毫米×1092 毫米　1/32
印　　张　5
字　　数　56 千字
版　　次　2024 年 2 月第 1 版
印　　次　2024 年 2 月第 1 次印刷
书　　号　ISBN 978-7-5594-4289-5
定　　价　42.00 元

从此岸渡到彼岸，有时候交付的是灵魂，有时候交付的是生命。

1

　　那时候我们都还能算孩子，姐姐经常带着我去山里玩。深山里藏着一座古寺，叫玄中寺，据说里面住着一个老和尚，最少也有一百多岁了，仙人一般，平时绝见不到其踪影。但每在夕阳坠山之际，若是在山路上行走，便能听到古寺里传出的钟声，悠扬肃穆，徘徊于松涛与暮云之间。这钟声听多了，只觉得肺腑皆澄澈，连走路都是无声无息的。

　　走到半山腰一回头，便能看到山脚下的

纺织厂，还有纺织厂旁边的老县城。那座古老破败的县城，少说也有一千年了，真是老态龙钟，还能看到古代城墙的残垣和半坍塌的离相寺。而我们的纺织厂，立在县城旁边，简直有些招摇，因为年轻，还因为无根无基，好像被一阵大风刮过来的，又像一场大雨之后冒出来的毒蘑菇，天生就带有些奇幻的色彩，更像是突然之间被什么大型魔术变出来的，而不是在时间里慢慢长出来的。所以，整个纺织厂从开始就没有任何时间的气味，那种缓慢庄严又经过了无数次沉积和发酵的气味，像游走在天地间的庞然大物，唯独绕过了我们纺织厂。

　　所以在我小的时候，和县城里那些同龄的孩子们站在一起的时候，我总会觉得他们要比我苍老，我站在他们面前像个真正的孩子。后来我慢慢想明白了，那是因为，他们是一群有历史的人，有一千多年的时间积压在他们身上，从出生就如此。而我们则是一群崭新的人，更像是从石头缝里蹦出来的，大石猴子带着小石猴子，不存在任何传承，也没有什么敬畏，反正大家都是崭新的。

纺织厂里的工人有一半是外地人，无锡的，湘潭的，石家庄的，南来北往的工人们在这山脚下被一锅烩了，烩成了统一的普通话，所以我们打小就没有自己的方言，从出生就操一口字正腔圆的普通话，更显得我们像石猴子，完全没有经过任何文明的滋养。所以每当我听到县城孩子们讲那种土得掉渣的方言时，我心里多少还有些羡慕。他们是有方言的，方言是他们的隐身衣，他们随时可以在这隐身衣里遁形而去，而我只能明晃晃地奔跑在透明的语言里，无处躲藏。而且，懂一种方言的感觉很奇妙，因为方言是大地的神经末梢，越土的方言，越有巫气，好像离天地越近，持方言者便越发像土地的主人。而那千篇一律的普通话，被规规矩矩供在桌子上，但也就像个供品，不似方言，更像个活物，随便割开一道口子，里面流的全是滚烫的血液。

县城和我们厂还有一点不同，他们中间那些所谓的老社员一直都是有土地的，在县城边儿上，他们可以在自己的地里种庄稼种花草侍弄各种蔬菜。占有土地是一种神圣的感情，不仅仅因为有对土地的原始崇拜在里面，还因为大地的仁慈和馈赠总会让人觉得心安。而我们厂就不同了，我们只有成排的车间、食堂和宿舍楼，还有一座工人文化宫，厂里的工人们都已经脱离了土地，呈双脚悬空的姿态，再加上纺织厂里终年有大团大团的棉花运进来，像巨大的云堡坠落人间，使得这工厂竟有了几分天空之城的味道。

但是县城人穿什么衣服都是向纺织厂的人学的。因为纺织厂里多是女工，且来自四面八方，女人扎堆的地方自然就会争奇斗艳，都不是要把对方比下去，而是恨不得直接把对方比死，这样才能最终产生花魁。这种氛围对人简直有一种宗教洗礼的功能，生怕自己被流行拉下，所以每天女工们脱了工作服走出车间的时候，厂子上空都弥漫着一种妖气，由各种斑斓的色彩汇聚而成。每次服装和发型上有什么流行趋势，都是从厂里流向县城里，夹克衫、西装、皮衣、喇叭裤、健美裤、直筒裤、老板裤、萝卜裤、蝙蝠衫、文化衫、红裙子、格子裙、八角裙、一步裙、A字裙、超短裙，像从河流上游流向下游，为此县城的流行趋势总是要比厂里慢半拍。流行西装的时候，人人身上晃里晃荡地裹着一件大西装，流行大红裙子的时候，全厂上下一片红彤彤，有一种血流成河的恐怖感。

老县城和纺织厂就这么比邻而居又相安无事，像一个气喘吁吁的老人和一个健壮结实的铁姑娘终日站在一起。我们去县城买东西的时候，因为操一口普通话，总是会被县城人当外地人，一步之遥的外地人。而我们在县城里的东游西逛便也总是带有一种游客观光的性质，其实我们就是在这里出生长大的，和他们吃一座山上的土豆，喝一条河里的水。

站在半山腰上这么往下一看，就能看到纺织厂和老县城其实已经紧紧靠在了一起，随着县城的不断扩建，正逐渐向纺织厂靠拢。纺织厂的边上是文峪河，时常船来船往地运输棉花，扁扁的船上塞满蓬松雪白的棉花，蒲公英似的，一大朵一大朵地漂过来。旁边是一条与河流平行的公路，陆路永远追随着河流，因为河流古老而智慧，不会轻易在大地上走失。还有一条孤独的铁路径直从纺织厂穿过，靠近铁路的人家端着饭碗趴在窗口，就能看到绿皮火车蜿蜒着从楼下爬过，小孩们最喜欢看火车，因为火车代表着远方，神秘而凶险莫测。县城的孩子们经常三五成群地跑到我们厂里来，专门就为了看火车。

那天我们俩一起去了文峪河水库，水库是我们经常去的地方，在群山里藏着那么一面巨大的湖，宁静又邪恶。黛色的山峦倒映入水中，无限向水底生长，倒影看上去阴森可怖。满月的夜晚，在深不见底的黑暗中，湖面却散发着一层清寒的银光，连冒出水的鱼儿都是银色的，与山脚下的万家灯火比照，这里自有一种世外的空寂与优美。到冬天的时候，整个湖面会冻成一大片洁白的冰，里面镶嵌着枯白的芦苇和几条寒瑟的木船，冰湖在冬日的阳光下闪闪发光，常有拉货的大卡车从湖面上轻盈驶过，有凌波微步的感觉。

这天，我们站在水库边才发现，因为到了枯水期，水库里的水少了一大半，连湖底的水草都露了出来。然后，我们又惊奇地发现，因为水变浅了，湖中间竟然长出一条泥泞的小路来，是从幽深的湖底长出来的，散发着来自另一个世界的气息，阴森潮湿。我看着这条神秘的小路，怀疑顺着这条路就可以走到湖底，据说这湖底确实沉着一座古城，是在二十世纪六十年代消失的。又觉得沿着这条路也许可以走进另一重异域的时空里，说不定直接就到外星上了。踌躇一番之后，我们俩还是小心翼翼地踏上了那条来自湖底的小路。

我们沿着小路蹚过了几条小河，其实就是被干旱割成一缕一缕的湖水，又爬上一个小土坡，再翻下土坡一看，坡下也是湖水，只是，在岸边散落着一层陶瓷的碎片，有黑色的，红色的，灰色的，有的上面还有花纹，菱形纹，绳纹，篮纹。走近了才发现，陶片中间还有些半圆形的石环和苍青色的石块，还能看到零零散散的白骨露在外面。我俩呆呆立在陶片堆里，看着脚下的白骨，忽然觉得有些害怕，好像沿着那条湖底浮出来的小路，真的走进了一个神秘古怪的空间里。姐姐捡起几块陶片看了看，觉得不好看，又扔到了湖里，低头寻觅半天，猛地大呼小叫起来，我过去一看，她居然捡到了一只完整的白色石环，但我们实在猜不出这石环是做什么用的。她刚把石环装进口袋，忽然听到有人在我们背后低低喝了一声，放下。

说的是普通话。我们大吃一惊，在这地方居然还有别人？回头一看，是一个高瘦的年轻男人立在我们身后，瘦长脸上架着一副眼镜，头发是长长的三七分，连耳朵都遮住了，两手插在裤兜里，正歪着脑袋盯着我们。我看了看四周，不知道他是从哪里冒出来的，一时疑心他是不是从湖底钻出来的，但看他的头发和衣服都是干的。他站在那里，对着姐姐又说了一遍，放下。声音不算高，但自带威严，他不像县城人，但应该也不是纺织厂的人，我从没见过这个人。姐姐冲出去，昂起头喊了一声，你谁啊？管得着？年轻男人小心翼翼抬起脚，往后挪了挪，像是怕把脚下的陶片踩碎了，我心想，它们本来不就是碎的嘛。男人蜻蜓般立到身后的土堆上，眯起眼睛向周围环视了一圈，然后把目光收回来淡淡瞟了我们一眼，只能说瞟，连看都算不上。他嘴角挂着一抹冷笑，慢慢说，你们不懂，这里的东西不能随便捡，这里是阳关山上唯一的一处新石器文化遗址，属于仰韶文化，距现在大概有五千年的历史，你们脚下踩的是五千年前人类用过的石斧、打火石、陶器，你，就你，刚才捡到的那个是五千年前的石纺轮，所以你不能带走，它不是你家的，也不是我家的，它就是这里的。

原来我们竟误闯进了五千年前的时空里。一旦得知了这个巨大的秘密，忽然发现周围的一切原来都是长着目光的，湖水、山峦、树木、碎陶片、石头，都用一种苍老而诡异的目光注视着我们，叮嘱我们为它们守住这个秘密。我有些微微的恐惧，感觉正和一群古老的巨人站在一起，它们如此巨大苍老，用一根指头就可以碾灭我们，也可以轻易碾灭山脚下的纺织厂和小县城，与这些巨人相比，它们真的太小太年轻了。

我又下意识地向周围环视，只见四周全是湖水，我们竟然正站在湖水的中央。与此同时，我又感到了一种前所未有的激动，就像忽然来到了苍茫辽阔的宇宙当中，时间和空间全部坍塌了，已经逝去的过去又回到眼前，清晰可见，甚至，一伸手就可以摸到。我后来看到关于黑洞的介绍，就想到了那天我们站在湖水中央的感觉，那就是一种不小心闯进了黑洞的感觉，在那个神奇的洞穴里，时间消失了，所以人可以看到五维六维甚至无限纵深的空间。

我们最终没有捡那些碎陶片，把五千年前的时间碎片捡回家里，多少让人有些害怕，又自知无法为它们找到合适的栖身之所。

　　过了一段时间，我们俩又上山去了文峪河水库，试图再去看望那些古老的碎陶片，却忽然发现，上次出现在湖水中央的那条小路已经消失不见了，湖水重新淹没了它，也淹没了湖中央凸起的那块黄土坡。它们重新回到了湖底。整个湖面平静极了，没有一缕波纹，在阳光下闪烁着一种丝质的光华，湖底却像埋着幽深神秘的目光，一直折射到湖面上来。看着镜子般平滑的湖面，我忽然觉得，我们上次能走到湖水中央好像只是一个梦境，并不是真实的。后来我们又去了水库几次，却再也没找到那条湖水中央的小路。它就像《聊斋》里被狐仙变出来的宅院，一夜之间荡然无存了。

　　就这样过了一年，到了一九九二年，我的姐姐刘静初中毕业，考上了太原的纺织学校，离家上学去了。其实她学习成绩一直挺好，之所以初中毕业就去读纺校，无非是因为下面还有个妹妹，厂里有个传统，长子长女们都想早点参加工作，好为家里减轻负担，也好让弟妹们能继续读书。另外一个原因，读完纺校就可以直接分配回纺织厂工作，我父母的意思同纺织厂的其他父母没有什么不同，先把一份工作占住再说。

刘静放暑假回家的那天，我还没有放学，她直接就到厂里的子弟学校来找我了。我差点没认出她来，她不扎辫子了，长发披肩，齐刘海，穿着一件淡绿色的收腰衬衣，领子剪成当时最流行的燕子领，腿上穿着一条白色的绉绸裤裙，裤腿比别人的都要肥大，走路时裤子里能灌两桶风，踩着一双黑色高跟凉鞋，在众目睽睽之下，径直走到我们班教室门口叫我。坐在教室里的小孩儿们齐齐抬头盯着她看，目光贼亮，还有的趴在窗户上看她，好像在看一出马戏。只见她双手抱肩，踩着高跟鞋在教室门口踱来踱去地等我，忽然一阵穿堂风奔跑过来，她的长发、衣摆、裤腿在瞬间全飞了起来，像降落伞打开了一样，声势浩大隆重，好像她整个人都准备着要飞起来了。怕她飞走，也怕眼前情景越发像马戏了，我连忙冲出教室冲到她面前，好挡住同学们的视线。走近才发现，她脸上涂着一层白粉，还抹了玫瑰色的口红，她好像猛然之间就变成了一个大人，一个成熟女人，但一开口说话还是原来的腔调，白粉后面的神情也还是稚嫩的，就是比从前滑稽了点，这滑稽让她看起来更像个马戏演员。站在她身边，我忍不住打了个寒战，我觉得她在自己外面硬生生罩了一个大人的壳，但从壳里露出来的那张脸却还是一张孩子的脸，这张稚嫩的脸嫁接在一个大人的身上，散发出了一点可怖的味道。

　　路上，我发现她衬衣上的一排纽扣各不相同，没有两颗是重复的。我说，现在流行这样的扣子吗？她把长发一甩，昂着脸说，衣服是自己扯布找裁缝做的，颜色和式样自己挑，这些扣子都是我自己挑的，我故意挑成不一样的，以前没见过吧？我老老实实地回答，没见过。她像想起了什么，从身上掏出一只口红，拧开盖子给我看，我一看，口红居然是绿色的。她不容置疑地说，也没见过吧？来，给你涂点。我忙躲避，哪有绿色的口红，涂上像青蛙一样。她不屑地说，傻子，这是变色口红，涂上就变成红色了。说罢便捉住我的头，用力在我嘴唇上涂了又涂。被涂了绿色口红的我自觉狰狞，也不敢反抗，只能乖乖跟在她后面。忽听她头也不回地问了一句，学习怎么样了？我说，还凑合吧。她忽然扭过脸来，仔细端详着我，一边端详一边慢慢地笑了一声，凑合？什么叫凑合？好就是好，不好就是不好，学习不好趁早给自个儿做好打算，不要瞎浪费爹妈的钱。

　　过了很久我才想明白，那时候我之所以不敢反抗，其实是因为我心虚，她早早上了纺校，好像急于要为我腾出一个地方来。而那天，她那么招摇地去学校找我，想来一小部分原因是为了炫耀，但更多的可能是为了报复，报复自己失去了上大学的机会。

口红果然变色了，而且变得越来越红，拦都拦不住，都有点惊悚的效果了。我们俩一人顶着一张艳丽的大红嘴唇，从厂里横行而过，我用手挡住嘴唇，假装牙疼。回家这条路正好经过放棉花的仓库，母亲是这个仓库的保管员，我们俩便拐进仓库找母亲。这个仓库极大极深，像个蛰伏在此的秘密基地，里面阳光照不到的地方幽暗如深海，人说话的时候都能听到嗡嗡的回声，好像正行走在空旷的山谷里。雪白的棉花一包一包地垛在仓库里，堆得遮天蔽日，开包的地方吐出了大团大团的棉花，地上铺的也是棉花，走在地上简直像走在云层里，好像把全世界的云朵都囚禁到这里来了。母亲就是那个看守并放牧云朵的人，大部分时间里，她都孤零零地守在巨大的仓库里等着人来提货。有时候实在乏了，她会偷偷躲到棉花堆里睡一觉，往棉花堆里一陷，整个人就没了。仓库里总是飘着一层棉絮，好像终年在下雪，大夏天外面艳阳高照的时候，这仓库也在独自下雪，一年到头就一个季节。所以无论什么时候见到母亲，她的卷发上眉毛上都落着一层棉絮，白毛女似的。

我们走进巨鲸一般的仓库里，立刻就掉到了棉花堆里，像不小心来到了天上。好不容易才找到角落里孤零零地漂浮着的一张桌子，一把椅子，桌子后面端坐着一个白毛女，正低头专心致志地织毛衣。在如此浩瀚的空间里，母亲看起来微小得可怜，随时都会被那些云堡一样的棉花淹没，吞掉。

白毛女猛一抬头，看见两个涂着大红嘴唇的女儿正站在她面前，吓得她从椅子上跳了起来，嘴里大声嚷道，怎么把个嘴唇画得像刚啃完死孩子。母亲嗓门特大，说话的时候轰隆隆的，好像别人都是聋子。其实她年轻的时候不是这样的，甚至算得上是细声细气，后来在纺织车间做了十年的挡车工就突变成这样了。纺织车间里纺织机日夜不停，机器声震耳欲聋，在这样的车间里说话，必须得扯着大嗓门别人才能听得见，再加上长期听着这样的机器噪音，很多纺织女工的听力都出现了问题，虽然不至于彻底变成聋子，但听人说话的时候总要侧过脸，把一只耳朵高高竖起来，还得拿一只手做辅助的扩音筒，其实和半个聋子也差不多。因为自己听不见，便总疑心别人也听不见，所以平时说话的时候不自觉地就会扯紧嗓门，活像吵架。除了听力出了问题，因为每天都要在车间里步行七八公里，长征一样，慢慢地连腿脚也出问题了，站不动了。后来便走了个后门调到仓库去做保管员，看守着铺天盖地的棉花，这下倒是没有声音了，偌大的仓库寂静阴森，棉花们会吸掉一切声音，连一点响动都找不出来，又太孤独了。所以她后来又落了一个后遗症，就是只要逮住一个人，就抓着不放，死命地喋喋不休地和人家说话，对方都被吓跑了，她还在那里自言自语停不下来，没办法，话瘾没过完。

刘静又炫耀地掏出口红，一定要给母亲也涂一圈试试，母亲一边大笑一边躲，震耳欲聋地说，活了四十多岁也没用过一次口红，我们这代人最可怜，没戴过耳环项链，没涂脂抹粉过，从小就知道劳动挣工分当铁姑娘，高中都上完了，一共就认下两个英语单词，每天就是喊口号。刘静不由分说，捉住母亲的头便往上涂，共犯的快乐让我也帮着摁住了母亲。母亲稍微挣扎了一下就不再躲了，像等着挨宰一样，顺从地涂上人生第一次口红。颜色开始变红了，母亲变得不再像母亲，像个大号玩伴，我们三个红嘴唇面面相觑，像照镜子一样，随后都哈哈大笑起来，我们在家里从没有那么笑过，直笑得前仰后合，到后来都不知道到底有什么可笑的了，却还是停不下来，最后笑得都互相瘫倒在对方身上。我们的笑声在车间里激起了层层回声，白云之间到处有人在笑，简直瘆得慌。

笑到实在笑不动之后，母亲坐在桌子上，扛着红嘴唇，跷起二郎腿，把刘静身上的衣服数落了一遍，裤腿儿太肥，像挑着两桶水，这能好看？燕子领显老气，不适合你这年龄，哪有这样乱配扣子的，叫花子一样。呵，呵，开始穿高跟鞋了？你才多大点岁数？穿上高跟鞋不要乱扭屁股，以为自己是模特儿啊。

我后来才想明白，母亲那时候其实是有点害怕了。刘静毫无过渡的转变，一夜之间从一个孩子骤然变成了大人的形状，让母亲忍不住感到有点害怕。

终于熬到了下班时间，临出仓库的时候，母亲扯块卫生纸，把我们三个人嘴唇上的口红都抹掉了，像曲终人散演员卸妆。出去时我回头一看，空旷阴森的仓库还真像一个废弃的剧场，母亲平日独守在这剧场里委实孤单，剧场里还终年飘着雪花，排练他几百场《白毛女》歌剧都不成问题。

2

整个暑假里刘静也不怎么出门，除了晚上会在厂里溜圈儿散散步，尤其是她那些上了高中的同学，她只要看到她们的影子就远远避开，像见了鬼一样。她也不再做功课，手里倒是经常捧着一本世界名著，像什么《简爱》《呼啸山庄》《巴黎圣母院》《包法利夫人》，录音机里放的磁带是《三套车》《莫斯科郊外的晚上》之类，对我偷偷在听的那些四大天王的歌曲她不屑一顾，晚上电视里正放着《编辑部的故事》，她也不看，她穿着高跟鞋出去散步，她太珍爱她这双高跟鞋了，恨不得睡觉的时候都穿在脚上。有时候她还会强制性地把我拉上散步，我猜测，她是需要身边有个观众。

晚上在工人文化宫前面的广场上，会有一些厂里的叔叔阿姨在那里搂着跳交谊舞，慢三慢四，快三快四，有时候还跳探戈伦巴恰恰。一天晚上，我俩走到那里便站在人堆里看了一会儿，一曲终了，我以为该走了。没想到，等音乐再响起来的时候，刘静忽然走出人群，在众目睽睽下走进了那圈舞池，她落落大方地邀请一个男人跳舞，那男人愣了一下，有些不好意思，但还是接受了邀请，两个人便搂着滑入舞池，开始转圈。她跳得投入极了，头高高昂起，长发飞扬，只用高跟鞋的鞋尖着地，蜻蜓一般，跳完还向那男人行了一个屈膝礼，估计是从《茜茜公主》之类的电影里学来的。我已经不敢看下去了，觉得很丢人，慌忙挤出了人群。

刘静也出来了，我们继续散步，但走了好半天都没有说一句话。刚才跳舞的时候，她就像一个发光体，一只大号的萤火虫，周身都在发光，现在走在纺织厂的小路上，我怀疑她还在发光，顺便把我也照亮了，别人远远就能看到我们，简直无处躲藏，这让我很想夺路而逃。她的高跟鞋也忽然变得无声无息，估计是踮着脚尖在走路，她居然还在悄悄走舞步。我已经不想和她走在一起了，觉得忽然间不认识这个人了，但脚步还是机械地跟在她后面，不敢反抗。沉默得久了些，空气变得僵硬，她也觉出来了，便又主动找话说，我是在纺校学的，我们每个周末都有舞会，就在自己教室里，把桌子一拉，把灯管用彩色皱纹纸一裹，放开录音机，就是舞厅，学两次就会了，简单得很，想学我教你。

我没吭声，我们又默默地走了一段路，她忽然侧过脸，嘴角翘起，接近于微笑，小心翼翼地对我说，要不你也考纺校吧，一毕业就能参加工作，反正将来都是要参加工作的，我也想通了，工作是早晚的事，早些工作了工龄还长。我还是没吭声。就这么默默往前走了一段路，她忽然站住，扭过脸来上下打量着我，劈头说了一句，你的耳朵是聋了还是怎么？

一九九三年的暑假，电视里放着《北京人在纽约》，我在放学之后，从录音机里偷偷听毛宁的《涛声依旧》，纺织厂开始有工人炒股，半年之后，有被股市套住的人从六层楼的顶层跳了下去，当场脑壳迸裂。刘静回家了，穿着高跟鞋，头发烫成波浪形，身上穿着脚蹬裤和宽大的文化衫，手里捧着《安娜•卡列尼娜》。

一九九四的暑假，电视里放着《雪山飞狐》，我从录音机里偷听老狼的《同桌的你》。刘静回家了，穿着高跟鞋，身上穿着白色的短袖西装和白色一步裙，把长发盘成一个圆圆的髻，髻上插了一根筷子似的发簪，手里捧着《静静的顿河》。

一九九五年的寒假，电视里放着《武则天》，母亲惊叹，看人家刘晓庆怎么还像个小姑娘。我从录音机里偷听《羞答答的玫瑰静悄悄地开》。刘静回家了，穿着高跟鞋，喇叭牛仔裤，一直拖到小腿的双排扣呢子大衣，咖啡色的扣子像小馒头，手里捧着《你别无选择》。

一九九六年暑假，电视里放着《宰相刘罗锅》，录音机里是郑智化的《水手》，我考上了县城的高中，纺织厂只有小学和初中，外加一个幼儿园。这个夏天刘静卷铺盖回到了纺织厂，她从纺校毕业了，被分到了印染车间。而那年的纺织厂，工人们已经开始只发 60% 的工资。

我开始每天骑着自行车去县城里上学，其实路上也就骑个十五分钟，但我总觉得，自己每日都是从外地千里迢迢奔赴过去的，好像坐着一辆绿皮火车，路过千山万水，咣当咣当地爬行，从一个国家来到了另一个遥远的国家。这是一个心理过程。我和纺织厂的其他人一样，始终都被县城人视为是外地人，而我们自己，也自觉是外地人。

我读了高一唯一的文科班，教室在一楼的最边上，离厕所最近，一看就是被那七八个理科班欺负的主儿。教室里塞着满满当当的学生，黑压压一眼望不到头，最后一排学生的脊背就紧紧贴着墙，看黑板都得用望远镜，我见最后一排有个女生上课的时候总是戴着两副近视眼镜，一副挂脸上，一副拿在手里，摞起来充当望远镜。还有一个坐在角落里的大个儿男生，终日和几把扫帚坐在一起，变得像个扫帚精。我是这个班上唯一讲普通话的学生，课堂上讲普通话时大家都进了同一个场域，但课后讲普通话的人就会分外孤独，你的语言时刻都在告诉别人，你是个外地人，外国人，外星人。那些操一口地道方言的女生，三五成群地结成小团伙，连上厕所都要拉个伴儿，好像一个人就会变残废一样。她们从我身边走过的时候，故意把我当成一团空气，大声用方言说笑，觉得我听不懂，也从不多看我一眼，我也就真的把自己当一团空气，课间都不必出去放风，只是埋在桌椅间做作业。

有时候有个男生会凑过来问我数学题，用的是不太标准的普通话，还有点紧张。我们用普通话交流的时候，就像在周围砌起了一道墙，多少有了些安全感。同时，我又感觉到，他对普通话多少是有些渴望的，可能觉得普通话是比方言更高级一等的语言，方言像土著，需要进化才能慢慢变成普通话。其实对他们的方言，我从小耳濡目染，都能听得懂，又不是什么外语，甚至我还在背地里偷偷学过，但一经我的嘴，那些有滋有味的方言就会变得面目全非，变成了另外一种奇形怪状的语言。我后来想，千姿百态的语言都是生长在大地上的，像草木一样需要适宜的气候和土地的滋养，而我们纺织厂根本没有方言生长的土壤，所以只有不需要营养的普通话能在这里生长繁衍。普通话更像语言里的机器人，没有老家，没有祖宗，没有童年，而且永远面无表情。

但是很快，我就发现了一个同类，一个像我一样讲普通话的同类。是我们的历史老师，他在课堂上和课堂下讲的都是普通话。碰到另一个不讲方言的人，让我惊喜不已。第一次上历史课的时候，我发现站在讲台上的历史老师竟然是那天我们在湖中央碰到的那个男人，那个不许我们捡碎陶片的男人，他叫杨声约。他是唯一一个敢在课堂上抽烟的老师，从走进教室，手里就夹着一根烟，讲课的时候夹着烟，黑板上板书的时候夹着烟，训学生的时候夹着烟，那根烟根本就是长在他手上，是第六根指头。讲到高兴处或者学生回答不出问题的时候，他就倚着讲台，把那只细长的手慢慢举起来，动作优雅，举到嘴边，用一边嘴角斜叼着烟，眯着眼睛深深吸了一大口，连双颊都凹陷了进去，忽然间又变得像个流氓。然后他徐徐喷出一大团青烟，像蚕一样把自己包裹在里面，而他则躲在烟雾里远远看着学生们。

但我还是很喜欢上他的课，甚至都盼着历史课能多上几堂。当我后来回忆往事的时候，我慢慢想清楚了其中的原因，首先他对我有一种先入为主的震慑，在一片湖水的中央，他忽然降临在我和刘静面前，像是从水底的宫殿里驾着马车冒出来的，对我们这样的工厂子弟来说，他一开始就带着一种诡异的高贵。他曾告诉我和刘静，我们脚下的碎陶片是五千年前留下来的，不要破坏了五千年前的时间和秩序。那是我第一次清晰地看到了时间，它们像史前巨兽一样慢慢踱到了我面前，太高太大，我甚至看不清它们真正的面目，只能看到它们投在地上的阴影，遮天蔽日，欲覆盖住一切。然后，它们连看都不看我一眼，主要是我太渺小了，它们根本不可能看到我，它们就那么慢慢又走过去了，永不回头，也永远不可能死亡，它们像是宇宙间唯一的永生。也是在这古老庞大的时间面前，我第一次对这个破败的县城生出了一点敬意，不起眼的小县城竟有着如此漫长的历史。

其次，他讲课的时候总是溢出课本之外，天马行空，和别的老师完全不一样。我感觉他讲课的时候，其实并不把我们当学生，而是当成观众或比观众更深的群体，比如信徒，而他是那个艺术家或传教士。所以他在讲台上总是带有表演的性质，类似于在舞台上表演莎士比亚的《哈姆雷特》，大段大段的独白，高贵而痛苦的神情，真的像一个受难者。他在讲课讲到没有人回应他的时候，会用粉笔在黑板上狠狠地痛苦地戳，把粉笔戳成一截一截的，使劲写巨大遒劲的字，或者忽然把粉笔头抛向学生堆里，没有目的，只因为学生们无法理解他在说什么。他有时候会夹着一根烟，一边来回踱步一边庄重地说，你们觉得到底什么是历史？我告诉你们，真正的历史对人类是有净化功能的，因为真实的历史中饱含不幸和冷酷，这种冷酷就是无法避免的必然性，就是人类必然的宿命，谁都阻挡不了。但就是这样的必然性，就是这样冷酷到洁净的历史，让无足轻重的我们最终获得了平等，因为我们头顶的太阳永远不会变，历史的法则永远不会变，历史所研究的其实就是我们头顶永恒的永不偏袒谁的阳光和月光。懂了没有？

或者，他会叼着一根烟，坐在讲台上对我们演讲道，万物顺应必然，从不定性中生成，又在回归不定性中消亡。因为，依据时间秩序，万物由于自身的不公正，要从彼此那里遭受一次惩罚和一次赎罪。而这些惩罚和赎罪才真正构成了人类历史的本质。前面的话是古希腊哲学家阿那克西曼德说过的，最后一句话是我说的，听懂的请举手。

教室里鸦雀无声，没有一个人举手。他深深吸了一大口烟，喷出一团青烟后，把烟头扔到地上慢慢碾灭。然后朝我们痛苦地摆了摆手，表示这堂课到此为止。他身上真是有种又邪恶又高贵的东西，就算听不懂，也让他的课堂充满了魔力。

每次排队上厕所的时候，我都发现，女厕所简直就是一个秘密的信息交流中心，女生们三三两两地评价着某个男生或某个老师。我正是在这样的地方，通过听来的零碎信息渐渐拼凑起了一个相对完整的杨声约。他的父亲是北京来插队的知青，母亲是当地人，年轻时长得很漂亮，后来他父亲抛下他们母子回北京了，另外成了家，他母亲晚年时精神上出了点问题，总担心有人在她饭里下毒，终日捂着个大口罩，疯疯癫癫的，几年前就已经去世了。他是师大历史系毕业的，不知为什么，一直不结婚，至今还住在学校后面的那排平房里，那是一排简陋的教师宿舍，年轻老师在那里过渡两年，一般就都搬走了，只有他一直住在那里。我还听那些女生们说，他近两年迷上了赌博，空闲时候时常找人打麻将赌钱，但老是输。

不管怎样，每次上课他都是踏着铃声进教室的，从不迟到，也从不拖堂，腋下随意夹着课本，嘴里叼着一根烟，走路的时候稍稍有点猫腰。讲课的时候，他并不像个老师，他看上去比老师更遥远更神秘也更牢固。所以每次看见他的影子，我心里都会莫名感到一种奇异的安慰。

就这样过了三个月，文科班忽然来了一个插班生，是刘静。

3

开学后的这三个月里，我每日早出晚归，天黑着就出门了，晚上十点多才到家，和刘静居然很少打照面，她有时候上的是夜班，等我上学之后，她才下班回家，我们虽然住一个房间，但好像已经不在同一个时空里了，两个时空有时候平行滑翔，彼此悄无声息，有时候会擦肩而过，极偶尔的时候，我们都站在各自的窗口偷偷观察着对方，不料却正好与对方撞了个正面。我知道她有点躲着我，我猜测，还是因为我最后读了高中而没有去读纺校。所以我也小心翼翼地想避开她，好像自己真做了贼一样心虚。有一天我放学到家的时候，看到桌子上摆着一摞崭新的自考复习教材，一猜就是刘静买的，看来她准备要参加自考了，一个中专文凭确实太低了些，所以厂里有些年轻人会通过自考再拿一个大专文凭。

我盯着那摞教材偷偷看了几分钟，心里一阵高兴，有点被解脱的感觉，如果刘静能拿到大专文凭，甚至本科文凭，我就不用像现在这样怕她，我们就又能回到过去了。在过去，她就是经常对我指手画脚，我也觉得是应该的，谁让人家比我漂亮比我聪明。上了高中之后，我总觉得心里愧疚，仿佛是把她的高中和大学偷来归自己用了。现在，见她要参加自考，我一时竟比她还高兴。

我没有想到的是，忽然有一天，刘静会以插班生的身份跑到文科班里来，和我成了同学。那天早自习，我正在昏天黑地地背英语单词，杨声约忽然进来了，让大家安静下来，说班里来了个新同学。他身后跟着进来一张旧课桌，一条破板凳，不是桌椅自己进来的，是被两个大个子男生搬进来的。桌椅搬进来才发现教室里早已塞得像个肉罐头，连再镶嵌一套桌椅的缝隙都没有，最后一排的学生都快被挤进墙里去了。此刻，他们都站了起来，用望远镜兴奋地观察着教室门口，那个终日和扫帚坐在一起的男生尤为高兴，头不停地摇着东张西望，十分关心这新来的课桌到底放哪里，总不能放天花板上吧。全班的学生都抬起头，兴致勃勃地盯着杨声约身后，枯燥的高中时代连一丁点儿娱乐都没有，这样的时刻已经算是全班学生的节日了，当然不能放过。

杨声约把烟举到嘴边慢慢抽了一口，看上去稍微有点迟疑。他一边抽烟一边眯起眼睛打量着整个教室，试图寻找到一道缝隙，半根烟下去之后，他弹弹烟灰，果断用手指了指讲台旁边，示意两个男生把桌椅搬到那里去。两个男生听话地把桌椅搬了过去。教室里爆发出一片哄笑声，这个位置实在是太特殊太显赫了，紧挨着讲台不说，还和讲台在同一条水平线上，看上去就像一个副讲台，而坐在这里的人既不像老师也不像学生，既不像大人也不像小孩，像是老师的助手，又像是马戏团的演员，一举一动都能被全班人看在眼里。最后一排的学生更高兴了，还有人比他们的地理位置更加特殊的，有个男生还吹起了口哨，众学生一起哄堂大笑，完全是马戏即将开场的节奏，快乐极了。杨声约抓起一只粉笔头向打口哨的男生弹去，哄笑声暂时被压了下去。

真正的主角终于登场了，一个单薄的人影快速从教室外面走了进来，看上去很镇定很利落，早已彩排过的架势，没有丝毫的慌乱和羞怯，径直向那套马戏舞台一样的桌椅走过去。她肩上挎着一只土黄色的人造革皮包，脚上穿着一双高跟鞋，以至于走路的时候，高跟敲打着教室的水泥地面，发出了嘎嘎的清脆响声，腿上穿一条喇叭牛仔裤，紧紧裹着臀部，上身穿一件很短的黑色夹克，露出一截红色高领毛衣，看上去上身短极了，全身只有两条腿，更重要的是，她居然留着披肩长发，没有扎辫子，这在高中生里是绝对看不到的。

整个教室又在瞬间沸腾了，而且比刚才更加热闹。学生们有的笑，有的兴奋地窃窃私语，有的大声问，这是老师还是学生？是不是走错教室了？坐在最后一排的学生们甚至忽然鼓起掌来，那个扫帚精像水手一样，踩在凳子上，手搭凉棚使劲向前瞭望。他们之所以这么高兴，是因为这个怪物一般的插班生从此以后有望取代他们的位置了，代替他们成为全班垫底的，还有比坐在讲台旁边更恐怖的？

杨声约又向学生们弹了几个粉笔头，没

用，敲桌子，没用，他扯开嗓子大声说了句安静，还是没用。学生们像喝醉酒一样忽然集体陷入了一种狂欢的气氛。毕竟，平时只有上课和做作业，现在好不容易有了个快乐的机会。唯一一个没有任何反应，在一堆哄笑声中埋头写作业的学生是我。因为刚才在这个插班生走进教室的那一瞬间里，我就已经认出来了，是我的姐姐刘静。我甚至都怀疑，这是变魔术吗？她居然从一个纺织女工忽然变成了我的同班同学，还穿着时髦地高调走进了高中教室。她这身穿戴走在外面显得很精神，可是走进这高中的教室，就显得实在是太滑稽太可笑了，完全赶得上一个马戏团演员的行头。

后来我从母亲那里才得知，刘静复习了几天自考资料就果断放弃了，因为她觉得这个学历即使拿到了也照样被人看不起，她也看不起自己。接下来，她没有告诉任何人，便自作主张地从厂里辞了职，又跑到县城高中去求一位高中老师，那个老师就是杨声约，不知她说了些什么，杨声约被她打动了，又找校长帮她说情，最后让她进了高一的文科班。等到父亲和母亲知道了这件事的时候，她已经坐在教室里和我做起了同班同学。

她那个位置实在太过显赫了。一般教室里只有两个纬度，讲台上和讲台下，而我们这个教室里则有三个纬度，讲台上，讲台下，还有讲台旁边，相比别的教室，我们的教室具有更丰富的层次和戏剧效果。坐在讲台边的那个位置上，被瞩目的程度仅仅次于讲台上的老师，甚至有的学生不看老师，一堂课都津津有味地盯着刘静的背影看。因为那里离讲台和黑板最近，她的课桌上，头发上，永远都落着一层粉笔灰，白花花的，颇有几分母亲在仓库里做白毛女的遗风。因为位置的显赫，她做任何一个小动作都会被后面的学生们看在眼里，掏鼻孔，打瞌睡，走神，任何一个微小的动作都像经过了放大镜的审视，变得前所未有地庞大，逼真，惊心动魄，简直像在教室前面放电影。

有时候，我的目光不由自主地也会落到她身上，我便赶紧把目光挪开，不是别的，是实在不忍心多看。那个位置，一方面是被老师遗忘的死角，因为和讲台平行，而老师们通常只往讲台下面看，另一方面，坐在那里又像个囚徒或犯人，被她身后的七八十双眼睛关押着，捆绑着。我想，她一定也感觉到背后那些层层叠叠的目光了，所以上课的时候，她的背永远挺得笔直，像把剑一样插在那里，又因为离黑板太近，她看黑板的时候，不得不把头高高昂起来，鼻孔向上翻起，好像时刻都在迎接着漫天落下的雪花。

不仅是学生，有的老师一进教室，猛地看到讲台旁边镶嵌着这么一个特殊的学生，都吓一跳，然后用奇怪或饶有兴趣的目光把她上下研究一番，有的老师还狐疑地问，这是个学生？再然后，他们又很快把她遗忘在了那个角落里。没办法，她看起来实在是太不像个学生了。代课老师里面，只有杨声约能记得她的存在，还让她做了自己的历史课代表。于是，上历史课的时候，刘静便分外卖力，背挺得笔直，眼睛一眨不眨地盯着黑板，鼻孔向上扬起来，像大猩猩之类的灵长类动物，嘴唇微张着，落满粉笔灰，努力在捕捉杨声约讲出的每个字。

　　杨声约有个习惯，会在每节课开始的时候提几个问题，把上节课的内容回顾一下。自从刘静做了历史课代表，每次他的问题刚一出口，连一秒钟的间隙都没有，就被刘静抢着回答了，有时候他的问题才说了一半，坐在讲台旁边的刘静就已经把答案说出来了。刚开始的时候，听见刘静抢着回答问题，下面的学生们轰的一声都笑了，就像一群大孩子在嘲笑一个急于表现自己的幼稚小孩。刘静不管，头也不回一下，照样抢着回答，哄笑几次之后，笑声渐渐小了下去，换成了扑哧扑哧的笑声，像池塘中的青蛙那样。再后来，连哧哧的笑声也渐渐淡下去了，换成了窃窃私语和零星的低笑，最后，在刘静抢着回答问题之后，教室里没有了任何声音，好像所有的人都睡着了，只有杨声约和刘静还醒着，两个人正踩在别人的梦境上唱双簧，一问一答。

渐渐地，刘静让我感到了恐惧，我相信这种恐惧不是我一个人感觉到了，班上的大多数同学应该都感觉到了。有时候杨声约在课堂上提到某个历史事件，不管是多么微小的藏在犄角旮旯里的事件，话音刚落，刘静就准确地说出了这个事件发生在哪一年哪一月，并说出它在课本的哪一页哪一行。我战战兢兢地翻到课本那一页，准确无误，分毫不差。班里没有了窃窃私语声和笑声，只有沙沙的翻课本声，但听起来更加惊心动魄。她把整个课本都一字不落地背下来了。后来我又更加惊恐地发现，她不是在背书，也不是在看书，她是在吃书。

她吃书的办法是抓住一切能利用的时间，一遍一遍地看书，不放过上面的任何一个字，甚至标点。我见过她的课本，那是世界上最破的课本，好像已经用了几千年了，因为被翻的次数实在太多，书脊破损，每一页都是活动的，破旧的，上面布满了密密麻麻的各种批注和脏手印，又用红笔和蓝笔做了各种复杂的勾画。那简直不像课本，倒像是一位古代巫师留下来的秘密日记，古老的羊皮封面，用鹅毛笔蘸着鲜血写成，上面记载着各种旁人无法看懂的魔法或幻术。她一个人的魔法。她用这种办法慢慢地把整个课本都吃进了自己的身体里。

到了后来，历史课差不多就变成了刘静一个人的课堂，下面的学生们都昏昏欲睡，唯独刘静一人近于兴奋，而只要杨声约有问，刘静就必有答，甚至于杨声约旁逸斜出到一些哲学问题上，刘静仍然能回答得上来。他们配合得天衣无缝。渐渐地，刘静简直变成了杨声约身上的一部分，变成了他的一个附件，一个器官，一个知音。他们俩在昏昏欲睡的学生堆里高山流水。无论怎样，她都不像一个正常的学生，这种不正常让她周身弥漫着一种可怕的邪气，即使她后来不再穿高跟鞋不再留披肩发，这种邪气依然附在她身上，久久不散。

在刘静进入文科班不到半个月的时候，她就把自己的披肩长发一剪子剪掉了，剪了个我们小时候留过的童花头，只是比小时候还要粗糙。她把高跟鞋脱掉，换上了初中时代穿过的一双大头球鞋，又把初中时代穿过的旧校服从箱底刨出来，看都不看一眼就穿在了身上，连镜子都不照。她的个头从初二就再没长过，所以从前的旧衣服穿在身上居然还算合身，只是这些衣服早已过时破旧，又因为在樟木箱里放久了，散发着一种阴森冰凉的樟脑味，简直像从坟墓里挖出来的。把这些古老的旧衣服披挂在身上之后，再加上一个犬牙参差的童花头，她看起来更不像我的姐姐了，她在时光里迅速向后撤去，从我前面跑到了我的后面，甚至跑到了她自己的后面，她看起来不再像姐姐，但也不像我的妹妹，她已经独自变成了一个新的物种，连时间都奈何不了她。

　　我猜测她下决心剪掉长发脱掉高跟鞋与一件事情有关，那件事情应该对她刺激很大。自从刘静来到文科班之后，我俩就没说过一句话，迎面碰上了也假装不认识。我不知道她心里是怎么想的，对于我来说，我确实不希望别人知道她是我姐姐，因为她实在是太特别了，太像个怪物了，以至于带给我一种很大的心理压力，似乎一旦被人认出来，我便也会沦落为马戏团的演员。我那一口普通话已经够惹人注意了，我只希望自己能埋藏在人群中，像空气一样，永远不要被人注意到。

　　她刚来的那十多天，每天单肩背着挎包，穿着高跟鞋、喇叭裤，留着披肩长发来上课，学生们出出进进的时候都会对她进行一番参观，她如果走到教室外面，那连外班的学生都会赶来围观，和看动物园的表情一模一样。无论多少人围观她都不为所动，目不斜视地走进教室，端端正正地坐在凳子上，用两只手捂住耳朵，只是埋头看书。课间休息的时候她从来不出去活动，甚至也不上厕所，上厕所也只挑天黑下来的时候，一天到晚只是把自己埋在座位上看书。我坐在后面有些担忧地看着她的背影，人怎么能不上厕所呢，除非一天不喝一滴水，她可能就是这么做到的，为了能不上厕所而不喝一口水。那天，在晚自习之前，天色已经暗下来了，学生们陆陆续续回去吃晚饭了，教室里没什么人了，我俩都没有回去吃晚饭，我书包里带着几块饼干，不知道她有没有带干粮。这时候我看到焊在座位上的刘静慢慢站了起来，走了两步，有些站立不稳的样子，扶住头定了定神，然后便走到了教室外面。

我悄悄跟了出去，只见她往厕所方向走去，走得很快，低着头，像个特务一样，生怕被人认出来，我想她应该配个墨镜再戴顶鸭舌帽。一种本能的不放心驱使我悄悄跟着她走进了女厕所。那时候的厕所就是一长排旱厕，终日臭气熏天，她的高跟鞋声立刻引起了女生们的注意，排队的女生都一起扭脸注视着她。她依然目不斜视，背挺得笔直，背后开始有人在窃窃私语在轻声说笑，她假装什么也没听见，在队伍里站了一会儿，便踩着高跟鞋径直向一个厕坑走去。或许是笑声让她变得极度紧张的缘故，再加上厕所上面的灯泡太过昏暗了，她竟一只脚踩进了厕坑，静默几秒钟之后，周围轰地爆发出一片嘹亮的笑声，有个女生笑得前仰后合，连站都站不住，她旁边的女生笑得滚到了她身上，两个人捂着肚子哎哟哎哟地叫着。我没有上前扶刘静，而是在一片哄笑声中悄悄退了出去。

我在黑暗中同样走得飞快，却又不知道自己到底是要往哪里去，我只是觉得害怕，害怕别人会认出我来，认出我是刘静的妹妹刘英。

4

刘静自从剪了长发，换上旧校服和大头球鞋之后，虽然没有以前那么扎眼了，但看上仍然不像个学生，甚至比从前更显得怪异了。怎么说呢，衣服和发型换了，但脸没换，更重要的是，她身上的那种气息没换，那种阴郁、高傲、倔强混杂在一起的特殊气息，还带着一点亡命之徒才有的寒凉和无畏，即使隔着老远，我都能轻易闻得到。

还有她骑的那辆自行车也很快在学校里变得闻名遐迩。我家一共有两辆半自行车，因为上高中之前我们就在厂里的子弟学校上学，而父母都在车间里工作，我们本打算从生到死就在这个厂里了，所以全家只有两辆自行车，其中一辆常年被风吹日晒，已经锈迹斑斑，送给捡破烂儿的都未必要，只能算半辆。我上高中后，父亲给我买了一辆崭新的二六女式自行车，天蓝色的，前面还带个白色的车筐，让我很是得意了几天，恨不得上厕所都骑上自行车。我上了高中才没几天，母亲就成了纺织厂的第一批下岗职工，下岗之后她在县城的一家饭店找了一份工作，给饭店蒸馒头。我猜想是因为刚出锅的馒头雪白蓬松，而且蒸馒头的时候屋里烟雾缭绕，很容易让她想起仓库里的那些棉花，新旧两段时光交叠起来，让她恍惚之间难分彼此，也勉强算个安慰。母亲每日去县城上班自然要骑自行车，这样，家里就只剩下了那半辆破烂儿自行车，一直扔在楼道里，尸骸一般，早已被灰尘埋住。

　　刘静上高中后，没要求家里给她买自行车，再说了，家里也不可能给她买自行车，因为她偷偷辞掉工作去读高中，都不和家里商量一声，父母被气得半死，又觉得丢人现眼，都懒得搭理她了，没自行车？自个儿走路去，你不是能耐吗。刘静一声不吭，扛着楼道里那辆破自行车去找厂里会修自行车的老师傅。不知道她到底是怎么和老师傅求情的，反正最后老师傅帮她把自行车捯饬得能骑了，只是生锈的地方太多，直往下掉铁屑，便胡乱换了一堆颜色不一致的零件，老头手里有什么就换什么，家底都抖搂出来，结果那辆自行车在复活之后，竟变得像彩色斑马一样炫目。骑着这辆自行车，无疑越发像马戏团的演员了。无论走到哪里都会被人围观惊叹，啧啧，这是个什么车子？这真是个车子？不是吧？不是又是什么？

　　刘静不管，她每天早晨都是顶着一头星星出门，晚上又顶着一头星星回来。出门时书包里塞一个馒头，这样下了早自习就不用回家吃早饭了。她绝不和我一起走，一定要比我更早地出门，然后骑着她的坐骑在黑暗中绝尘而去。我从没有把她那坐骑当自行车看待，我觉得它更像动物，有呼吸有血肉，像斑马像花豹像驯龙，或别的什么更古老的史前动物，每次看到她骑着它以最快的速度奔跑的时候，我便越发觉得她骑的是一匹真正的坐骑，而她俨然有了几分中世纪骑士的风度。她骑那么快是为了节省时间，为了能多背几个英语单词，就像下了早自习从不回家吃早饭一样，也是为了能省出一点时间。

她已经把她的时间压榨到了最极限，压榨得没有了任何一点空隙，包括在路上骑车的那一点时间。有好几次我都听到她在放学路上一边骑车一边大声背单词，对着路边的树木，对着天上的白云。晚上下了晚自习已经十点了，教室熄灯后，她不回家，点上蜡烛继续在教室里做题。偌大的教室里，她那一盏烛光如豆，把她巨大的影子投在了墙上，看上去巍峨阴森，寂然不动，有点像藏在古寺里的佛像。后来学她的人渐渐多了起来，下晚自习后，总有七八个学生不走，在教室里点着蜡烛继续做作业。从窗户外面看进去，黑黢黢的教室里沉着几盏微弱的星光，在每朵烛光的后面都浮着一张年轻而疲惫的脸，其中也包括我的。生怕被落下，我也开始学她。

直到十一点门卫来关教室的门，我们才骑着自行车回家。回纺织厂的路上，有一段小路是没有路灯的，两边是高大的白杨树，晚上走在这样的路上，就像走在一条幽暗的隧道里，隧道里只有我们两个人一前一后地骑着自行车。她一般不和我说话，只有当我骑得快超过她的时候，她会在黑暗中忽然扭脸对我说，我说英语，你来翻译成汉语，正好练练听力和口语。她对学习的狂热一方面让我有些敬畏，另一方面又让我感到厌恶。

　　回到我和她共同的屋子之后,她还要继续看书。有时候出于恐惧和嫉妒,我会再陪她看会儿书,有时候我实在是太困了,草草洗漱一下,倒在床上就睡着了。很多时候我半夜醒来的时候,台灯还亮着,她有时候还趴在台灯下面看书,有时候穿着衣服就缩在床上睡着了。在我叫醒她的一瞬间,她睁开眼睛,眼神空洞地看看周围,好像一时搞不清楚自己究竟在哪里,忽然之间,她目光开始收缩,开始变得恐惧,变得坚硬,只见一个鱼跃,她猛地从床上弹起来,不顾一切地抓起身边的课本,翻开就看,有时候都看了几分钟了才发现,书是倒拿的。第二天早晨,当我被震耳欲聋的闹铃叫醒的时候,她早已经从另一张单人床上消失了,驮着她巨大的书包,骑着她斑斓而招摇的坐骑,在星光下第一个奔赴学校而去,然后独自在空旷的操场上背诵英语单词。很多年后,我都忘不了那样的场景,天光晦暗,青色的晨雾还未褪尽，观众席和树木浮动在半明半暗中，偌大的操场像一个荒凉广袤的星球，星球上只立着一个孤单的人影，手里拿着英语课本。

只有我一个人知道她睡眠严重不足还能不在课堂上打瞌睡的原因，她随身带着针，在课堂上一旦感到困了，就开始拿针扎自己的手，所以她的左手上全是密密麻麻的针眼。有的时候连扎针都不管用，她会主动站起来，像罚站一样把自己晾到教室最前面听课，她把自己当展品一样展览给全班学生看，下面的学生一半看黑板，一半看她，也不止一次两次了，但还是看得津津有味，她全不在乎，谁爱参观谁参观，想参观多久就参观多久，欢迎。她是真的什么都不在乎了，包括把屁股上打了补丁的旧裤子穿在身上，包括自己给自己剪头发，连镜子都不照，一剪刀下去，剪成什么算什么，她全不在乎，就是捡个麻袋，估计她也能不动声色地披挂到身上。

一到下课，她就以百米冲刺的速度冲出教室，追上刚讲完课的老师，拦路抢劫一般，非要把不懂的地方再问个清楚。时间一长，她成了校园一景，外班的学生下课后，经常就聚在文科班前面候着，等着观赏一个穿着大头球鞋和初中校服的女生冲出来，像梁山好汉一样拦住老师的去路。而我们班的学生则在教室里趴到窗户边观赏，里里外外，人山人海，好不热闹，那已经不是马戏团的舞台了，是乡间戏台的效果，老老少少蜂拥而来看大戏，就差有人推着小车卖瓜子和冰棍了。

第一次期中考试，她考了班里第一名，到期末考试，她还是班里第一名。她已经晋级为学校里一个新的神话品种，其风头成功压住了之前的两个著名学生。那两个学生，一个是男生，以打架斗殴难以管教出名，动辄还把菜刀装到书包里来上学。另一个是女生，全校唯一敢烫头敢涂口红的女生，已经被封为校花，校花穿衬衣的时候，会故意把最上面的三颗扣子全解开，让里面的内容若隐若现。校花有一次踩着高跟鞋冲进别人教室里，人家正在上数学课，她径直走到一个男生面前，二话不说，动作潇洒利落地扇了那男生两个耳光，大概是从电视里学来的，然后转身，扬长而去。等她出了教室，讲台上的老师才反应过来，问学生们，那谁啊？哪来的？是学生还是个什么？

　　因为那男生居然敢喜欢别的女生，不想活了。据说校花还曾堕过胎，这个没有人亲眼看到过，但只作为一种神话，威力也足够大了。有一次我在校园里正好迎面碰到那校花，忍不住多看了几眼，只见她确实烫着头涂着口红，脚上一双半高跟的方口皮鞋，款式老气，应该是穿着她妈的鞋。校花神情倨傲地从我身边走了过去，不看我一眼，也不看任何人。我忍不住想笑，她这点段位和刘静比，还真不算什么，刘静好几年前就烫头涂口红穿高跟鞋了，她在刘静面前也就是个后辈。如今刘静已经从高跟鞋蜕变成大头球鞋，从西装套裙蜕变成初中校服，敢这么穿的也就刘静一人。别的不说，光这一点，我心里都敬她是条汉子。

慢慢地，无论是教室里还是教室外，都已经没有人再笑她了，终于笑够了。我忽然明白，在这世界上，原来什么都有尽头的。自从封神之后，她便彻底沦为学校的名人，无论是她可笑的发型，她破旧的初中校服，还是她的彩色坐骑，都成了她的独特标志，远远就会被人认出来，被人在身后指指点点。但所有的人对她都多了几分敬畏，甚至见了她都绕道走，我猜测他们的感觉和我有些相似，就是觉得刘静已经不太像人类了，但也不像动物、植物、怪物、机器人，什么都不像，她好像独自变成了一个崭新的物种，她甚至也不需要同类。后来连校花都闻讯跑到我们教室门口来看个究竟，她两手叉在胸前，高高挑起目光，把刘静从上到下打量一番，觉得对方实在太土太土，土到掉渣，哪里是她的对手，便挺起胸脯，昂着头，放心地走了。

我发现刘静尤其喜欢上历史课，甚至虔诚期盼着每一节历史课的到来，历史课对她来说简直就是最隆重的节日。自从上了高中之后，刘静就再没过过节，因为无论过什么节日，包括过年，她都直接跳过去，不买新衣服，不走亲戚，不浪费一分钟时间，也没有任何娱乐，只有无休无止地看书做题看书做题看书做题。所以当我发现她对历史课有一种难以掩饰的兴奋和期待的时候，我都暗暗替她高兴，她好歹也有个只属于她自己的节日了，好事，还没有彻底变成机器人。

当铃声响起，杨声约叼着一根烟走进教室的时候，我发现她不会像别的课堂上那样看着老师进来，她会低下头去，好像有点不敢看杨声约，直到上课开始，她才慢慢把头抬起来，然后便极其专注极其虔诚地盯着黑板，头向后仰着，鼻孔翻起，耳朵像兔子一样竖起来，生怕漏掉杨声约讲的每个字。而杨声约每次提问的时候，都要把脸转向刘静，说，刘静你来回答一下。刘静便笔直地站起来，像个士兵面对将军一样。答毕，杨声约总是要满意地说一句，看看人家刘静是怎么学的。受到鼓励的刘静坐得更加笔挺，我从她侧面能看到她兴奋得连脸都红了。她坐在那里永远不会回头，永远只看前面的黑板和讲台上的老师，平时也不和任何同学讲话。我猜测，一定是她刚来这个班的时候，就已经被那些笑声笑伤了，但这些伤口她从不给任何人看，包括我，也从不搭理任何人，除了老师。杨声约是老师里面对她最好的，所以他对她来说才显得如此重要，以至于连历史课都变得无比神圣。

整堂历史课上，杨声约和刘静一问一答，历史课干脆就变成了他们两人的，没其他人什么事，其他学生就像隐形人一样自动消失在下面，鸦雀无声。如此一来，其他学生对杨声约的不满也越来越多，觉得他太偏心，我在背后听到关于他的坏话也越来越多。有一次，又是在女厕所里（没办法，可能就这个地方最安全），我听到后面的两个女生在嘀嘀咕咕说杨声约的坏话，说他赌博输了好多钱，也还不起，校长都找他谈话了。又说他成天在阳关山上转悠，其实是为了找到一座深山里的古墓，古墓里有很多值钱的东西，一般人都找不到，但杨声约是学历史的，所以他知道那座古墓到底在哪里。这时候我想起来，第一次见到杨声约的时候，确实是在阳关山上，在湖水的中央，他忽然降临在我和刘静面前，看上去神秘而高贵。

还有一次，在上晚自习之前，我从女厕所出来（又是女厕所），忽然看到刘静抱着一摞考卷正往学校后面的宿舍走，便猜她是

给杨声约送卷子的，因为她是他的历史课代
表，经常替他收发作业本和考卷之类。犹豫
了一下，我便悄悄跟在了她后面，向那排平
房走去。后来我想，自己当初之所以那么猥
琐地跟踪她，其实是因为，那时候我已经从
空气里嗅到一些危险的东西了，我心里已经
隐隐有了些恐惧。跟着她走到平房跟前时，
天已经暗下来了，其中一间平房里亮着灯，
窗户上严严实实拉着窗帘，不知道是不是杨
声约的宿舍。

　　只见刘静敲了敲门，便吱嘎一声推门进
去了，然后又把门关上，听不到里面的说话
声。我不敢再往前走，也不敢离去，就站在
平房前的树荫里看着那盏灯。我以为她放下
卷子就出来了，几分钟的事，但让我意外的
是，足足过了半个小时，刘静才从里面出
来，她可是不舍得浪费一分钟的人哪。就着
窗帘里渗出的灯光，我看到她站在窗前，回
头深深看了那窗户一眼，又匆忙理了理自己

乱糟糟的头发，整了整身上的衣服，然后离开平房，向教室走去。我心里忽然轰的一声，那种恐惧感更加清晰更加强烈了，我紧紧跟在她后面，看她在前面一边走一边小心地东张西望着，显然，她有点紧张，她在看有没有人注意到她。

看着她的背影，我又想起了几年前那个正在上纺校的刘静，烫着头发，涂着口红，穿着高跟鞋，挎着小皮包。是啊，她的核里到底和我们是不一样的，她的核里已经是个大人了，就算她把自己的外表伪装成一个高中生，不，是初中生，她一直不肯脱下那身破旧的初中校服就是证明，但她的核里毕竟是大人了，她退不回去了。而杨声约大约是准确地捕捉到了她藏在身体里的那个大人，才会让她对他感激涕零吧。毕竟，一个大人成天和一群小孩子在一起，就算不讲话，也还是很痛苦的，而杨声约把她从一堆小孩里捡了出来，并把她当成真正的大人对待。虽然我还没有谈过一次恋爱，但我已经可以断定，她是恋爱了，和杨声约。

那天晚上，下了晚自习，我们俩骑着自行车，一前一后地回纺织厂。正是夏夜，那条没有路灯的小路上可以看到星星点点的萤火虫在飞舞，白杨树在晚风中哗哗作响，我们被风推着走，骑得飞快，简直有种飞起来的感觉。刘静好像心情出奇的好，竟然扭过脸主动对我说，刘英，考考你，你知道历史上的昙鸾老祖吗？我吓了一跳，自打我们俩变成了同班同学，我在她那里就没有了名字，她不叫我名字，不叫妹妹，甚至也不叫喂，反正就是什么都不叫，原来，她还记得我的名字。我有些受宠若惊，忙说，不知道。她的头发在晚风中齐齐向后刮去，像有什么东西从后面拽着她。但她还是很高兴地说，你连这个都不知道啊，莲宗二祖昙鸾其实就圆寂在阳关山上，因为古书中有一句记载"昙鸾葬于汾西泰陵文谷"，古代的"泰"和"大"是同音，那就是大陵村，古代的"谷"和"峪"也是同音，那文谷就是文峪河川，说明他的墓塔就在文峪河流域，但是至今都没有找到。

我心里一怔，知道一定是杨声约讲给她的，又想起学生在背后对杨声约的议论，便忍不住问了一句，找到这个昙鸾的墓做什么？不会是盗墓吧？我感觉她在黑暗中不屑地看了我一眼，她时常用这种目光看我，因为觉得我太过平庸又很无趣。只听她说，你怎么这么庸俗？这种大德高僧能有什么钱，关键是他有高深的修行，有对人世的悲悯，他怜悯众生，知道他的墓塔在哪里就可以去拜访他，难道你觉得这没有意义吗？

我闭了嘴，她便也不再说话了。我们被风推搡着一路来到了纺织厂的大门口，每次走进纺织厂的时候就感觉是进入了另一个世界，又像是进入了一个洞穴。进了厂回头一看，县城已经颓败成一片黑暗中的灯火，再次离我们遥远起来。

5

在我们的高中时代，如果说刘静最快乐的事情是上历史课，那么最让她害怕的事情就是问母亲要钱。

我们上高二的时候，纺织厂的最后一批职工也下岗了，父亲自然也在其中，他头上又没长角，自然不会例外。父亲当年是通过招工进的纺织厂，那时候也就是个二十来岁的农村青年。招工进纺织厂之后，父亲从农民阶级变成了工人阶级，那个时候变成工人老大哥，还是件荣耀的事情。所以厂里只要有什么号召，父亲都是第一个响应，年年评劳模，红色的荣誉证书厚厚一摞，和塑料假花一起摆在平柜里做装饰。下岗之后，父亲实在找不到什么事情做，便开始在楼前楼后的空地上种菜，他种得十分投入，又有童子功，不出两个月，楼前楼后便一派欣欣向荣。那时候所有的车间都已经停了，那日夜不息的噪音一旦停下，很多人都适应不了，太安静了，晚上简直安静得没法睡觉。死寂的车间，生锈的机器，沉船一般阴暗的仓库，与这些不管不顾生机勃勃的蔬菜形成了触目惊心的对比。它们在地上长，在墙上长，在屋顶上长，有人的地方它们能长，人去不了的地方它们也能长。碧绿的菠菜和韭菜，粉粉的西红柿，紫色的茄子，顶着小黄花的黄瓜，一架一架的豆角，在泥土里沉睡的土豆，金色的南瓜大得像车轱辘，都可以做南瓜马车，而玉白色的冬瓜稳稳坐在地上，个头最大的冬瓜简直像个小房子，开个门直接就能住进去。

父亲种菜种得十分陶醉，终日戴着个草帽在楼下锄地浇水，甚至用三轮车去附近的村子里拉来一车牛粪，铺在土里做底肥，蔬菜们也十分争气，长势喜人，为父亲争光。吃不完的蔬菜父亲便送给邻里，而父亲自己也从中尝到了一点久违的田园野趣，下定决心要从工人阶级蜕变回农民阶级，就像返祖一样，顺着来路再退回去。他一旦下定决心要做回农民之后，便什么都不管了，专业种菜，在厂里慢慢拓展自己的菜园子面积。而吃到父亲蔬菜的邻里一看这架势，纷纷开始仿效父亲，食堂都停了，种点蔬菜就省得花钱买菜了。

纺织工人们集体变成了菜农，他们把厂里每一寸能利用的土地都利用上了，把花圃里的月季花拔掉，种上菜，把镂空花砖撬起来，种上菜，把柳树锯了，种上菜。就连道路两边的缝隙都不放过，种上韭菜和黄花菜。猛地走进厂子的时候，都怀疑自己是不是走错地方，走进哪个村了。看别人都跟着种菜，父亲又开始种果树，葡萄树、梨树、苹果树、柿子树、山楂树、枣树，葡萄藤很快就上了墙，迅速向楼顶爬去。在厂里再添一座假山，喷点水，都能当孙大圣的花果山了。

后来因为家家户户种菜，吃也吃不掉，送人也没人要了，父亲便骑着三轮车去县城里卖菜，由工人过渡成了一个真正的菜农。其他人见了又纷纷仿效，都涌到县城卖菜去了，县城里原来卖菜的小贩们不乐意了，这不是抢人生意吗？于是一时间开始了抢夺地盘的大战，天天骂架打架，两伙人，一伙小贩，一伙纺织厂工人，操起家伙来打群架。打了几次之后，双方各有损伤，又通过谈判，划定了各自的地盘，互不侵犯。所以在县城卖菜的小贩们分两种，一种是讲本地方言的，一种是讲普通话的，在价格上时有竞争。就这样，纺织厂的工人们第一次真正挤进了县城。

父亲虽然成功转型为菜农，但卖菜的几个钱毕竟很有限，母亲在饭店打工，一点工资也很微薄，而家里有两个上学的孩子都需要用钱。那时候，学校一让我们交资料费书费补课费，我们就发愁开口问家里要钱。但我知道，对此真正发愁甚至感到恐惧的是刘静。因为她和我不同，她本来是已经参加了工作的人，已经开始挣工资了，逢年过节都应该开始孝敬父母了，结果她一扭头又去读高中考大学了。父母对她本来就不满，但也无奈，所以每逢她开口要钱的时候，母亲总免不了要发几句牢骚，甚至有时候会奚落她几句。

所以班上每次要交什么钱的时候，她都是最后一个交，先是拖延磨蹭，拖一天是一天，到最后实在拖不过去了，她就深吸一口气，屏住呼吸，像准备跳水一样，横下心来，装出满不在乎的样子，做出无赖状向母亲伸手要钱。所以每次要完钱之后，她都像刚打完仗一样，看起来精疲力竭，仿佛使尽了全身的力气。有一次，母亲给她钱的时候又数落她，你不是能耐得很嘛，看看你，给家里添了多大的麻烦。她低着头，眼睛盯着一个角落，默默听完数落，然后从母亲手里接过几张钱，装进口袋，她已经走到门口的时候忽然停住。只见她站在门口，呆呆立了几秒钟，然后回头，疾走几步，猛地把桌子上的一堆课本全扔到了地上。她一边扔一边歇斯底里地朝地上哭喊着，以后我都还你，都还你们，我去上班了不就是个纺织女工，不就是和你们一样，我还能是什么，我还能是个什么东西。

那是高中三年我唯一一次见她哭，她就哭了那么一次。她蹲在地上哭了很久很久，以至于有了高中三年唯一的一次迟到。

所以我能明白，杨声约的历史课对她有

多么重要，那是她高中时代唯一的一点快乐。我甚至都暗暗希望历史课能再多上几节。每次看到历史课上她端坐在讲台旁边，郑重地把短发别到耳朵后面，好像这是她唯一能做到的装饰，然后，她不顾一切地仰起脸，翻起鼻孔，像教徒一样，虔诚地一眨不眨地盯着黑板，任粉笔灰像雪花一样将她埋葬。那个时候我总是希望这堂课延长一点，再延长一点，永远不要下课。

接下来，他们的关系似乎又有了新的进展，向恋人的方向更靠近了一些，杨声约把他的一支钢笔送给了刘静。我之所以知道这件事，是因为刘静实在按捺不住这点喜悦，这喜悦太过于巨大了，她一个人接不住，必须得找个人和她分享一下，那也只能找我了。偶尔，也只是偶尔，我会从她的同班同学变成她的妹妹，但很快又会变回去，变得毫无身份。

刘静早已经跻身为学校里的一霸，无论

大小考试永远都是班级的第一名，连第二名都没考过，所有的学生都变得很敬畏她，还送她一个外号"刘第一"，但是几乎没有人敢和她说话，都远远躲着她，她也从不主动和任何人讲话，和我说话都是偶然的。她进化成了一种不需要睡觉不需要吃饭不需要讲话的高级生物。这样一直到了高三的第二学期，课都已经上完，铺天盖地的模拟考试开始了，高考越来越近了，它就像大海上一座阴森遥远的孤岛，若隐若现，神秘莫测，但所有的人都开足马力向它驶去。就在这时候，发生了一件事，杨声约没和任何人打招呼就忽然消失了。

关于他的消失，学生中间流传着众多版本。有的说他是因为赌博欠了很多钱，老被人催债又还不了，干脆跑了。有的说他是一直不甘心在一个小县城里做一辈子中学老师，所以扔了工作去大城市里打拼去了。还有的说他是去投奔他北京的父亲去了，他父亲在北京帮他找好了工作。无论怎样，杨声约是真的消失了，从那以后我再没有见过他。

我一直都记得那个黄昏，在那之前，我们全班人都已经听说了这件事，杨声约不辞而别。但学生们也就悄悄议论几句，猜测一下历史课会由哪个老师来接，会不会影响自己的高考成绩，诸如此类。快上晚自习的时候，我忽然发现，刘静不在座位上。这是从没有过的事情，因为她的早饭和晚饭从来都是在教室里吃的，就一个馒头，为了省时间，当然也为了省钱。无论我什么时候抬起头，她都端坐在教室的最前面，她简直已经成了教室里的一座灯塔，永没有熄灭的时候。所以，忽然发现灯塔不在那里了，我心里忍不住一惊。

我跑出教室，在教室周围找了一圈，没有她的影子，又去女厕所找了找，也没有。除了教室和女厕所她根本没处可去。这时，我忽然想到了什么，便朝着学校后面的那排教师宿舍跑去。暮色越来越浓重了，一切都在黑暗中渐渐消失，只残留下一个模糊的轮廓，那排平房集体熄着灯，包括杨声约的那间，低矮的平房没有了灯光，看上去荒凉颓败，有点像野地里的荒冢，阴森森的。平房前面有一排砖头砌的花池，但里面早已不种花，倒是种着几棵大葱，大葱开花的时候晃着一颗颗毛茸茸的大脑袋，憨态可掬。我隐约看到杨声约宿舍前的花栏上坐着一个人，一动不动。我松了一口气，慢慢朝她走过去。

天已经完全黑下来了，我看不清刘静的脸，只见她像在课堂上一样，坐得笔直，纹丝不动。我不知道该说什么，尤其是对这种事，更不知道该如何开口。在她面前站了半天我才说了一句，走吧，晚自习的铃声都打过了。她只是静静地坐着，好像独自沉在一个很深很深的梦境里，听不见我在说什么，也看不见我这个人。我只好又说了一句，要上晚自习了。她依然没有看我一眼，又呆坐了一会儿，忽然缓缓从花栏上升起来，然后悄无声息地朝教室方向走去。我担心她会摔倒，想过去扶她，但最终没有，只是默默跟在她后面，我们走了很久很久才终于走到教室门口。

刘静大病了一场，开始发烧的时候她还在坚持上课，后来变成了高烧，久久不退，她陷入了一种半昏迷的状态，这才被送到了县医院，打了一个星期的吊瓶居然还是没有退烧。我甚至都怀疑她可能要死了，我去医院看了她一次，手里拿着几个苹果。她埋在白色的被褥间，整个人变成薄薄一层，脸色雪白，看上去有一种冰凉的感觉，但她居然还在持续发着高烧，像一堆冰凉而洁净的木头在静静燃烧。头发烧成乱蓬蓬的一堆，如枯草。她一直闭着眼睛，不和任何人说话，也不知道是睡着还是醒着。我在她床前站了一会儿，放下苹果，她始终闭着眼睛，最后我只说了一句，没几天就高考了。然后，父亲就让我出去了，顺便让我把空饭盒捎回去。一直到第十天的时候，高烧终于退了。刘静挣扎着出了院。

她重新出现在教室门口的那天，学生们正在早自习上背英语，在她走进来的那一瞬间，整个教室忽然变得鸦雀无声，所有的眼睛都朝她看去，包括我。只见她骤然缩小了一圈，连那身初中校服穿在身上都是晃里晃荡的，短短十天内她瘦了十斤，所以整个人看上去轻盈干枯，像没有了一点分量，连走路的时候都没有一点声息，她是飘进教室的。脸色还是雪白冰凉，周身还是静静燃烧着一团白色的火焰，她不看任何人，飘到自己的座位上，坐定，挺起腰，打开了英语课本。

在几天以后的一次模拟考试中，刘静第一次从第一名滑到了第三名，这是从未有过的，所有的代课老师都被惊动了。知道成绩的时候是一个下午，刘静一个人出了教室，我赶紧跟着她也出了教室。只见她轻飘飘地游荡到了操场上，操场上空无一人，她在空旷的操场上呆呆站了一会儿，好像不知道要去往哪里。我没有走过去，就偷偷站在一边看着她，只见她沿着操场踉跄着绕了一个圈，然后在那几棵大柳树下站住了。操场的边上有几棵古老的柳树，有几百年了，一直都站在那里，看着一茬一茬的学生来了又走了，像几个慈祥的老人。她冲着其中那棵最大最粗的柳树走过去，她走到它身边，抬头看了看柔软飘拂的枝条，然后伸开手臂慢慢抱住了它，她就那么抱着那棵柳树抱了很久很久，把脸颊紧紧贴在树皮上面，但我始终都没有听到她哪怕最轻微的哭声。

在随之而来的高考中，我算是发挥正常，勉强考上了省城的师范学院，我知道自己也就这个水平了，不冤。刘静则发挥失利，心仪已久的第一志愿到底没考上，被刷到第二志愿，最后只上了一所河北的普通大学。

6

　　我和刘静上高三的时候，纺校已经开始没落，毕业生不再包分配，但要几年后才随着一批中专学校被改造成了大专院校。我后来想，难道刘静在几年前就已经预见到了这个结局？那是一九九八年，还是有一批纺织厂的子弟搭上了纺校的末班车，但有的只上了一个学期就退学回来了。那时候，纺织厂的最后一批职工也已经下岗了，前两年毕业的纺校生都积压在厂里，如今厂子一倒，这些年轻人更加无所事事，再加上当时正流行

《古惑仔》的盗版电影，于是他们便纷纷仿效电影，开始三五成群地拉帮结派。一时间，小小的纺织厂里帮派林立，打架斗殴也开始正式成为一种事业。

没想到，就连我一个蔫不拉几的初中同学王胜刚也入了一支帮派，他有两个兄弟，一个外号叫"蛇王"，"蛇王"的得名是因为他从腰部以下，整个下半身的皮肤都被烫伤了，好了之后也是坑坑洼洼的，像长满蛇鳞一样恶心。几年前他在附近的钢厂玩耍时，有人和他打赌，要是能从冷却池跳过去，就赢一包红塔山。结果他掉进了池子里，下半身几乎被沸水煮熟。因为腿上的皮几乎全被烫掉了，必须植皮，他母亲把自己背上的皮、腿上的皮一块块割下来植到他身上。所以后来他母亲因为肾炎去世后，他也没有显得很悲伤，逢人就说，他母亲就在他身上，他一直背着她，她从来没有离开过他。他还特喜欢卷起两只裤腿，给人展览他的伤疤，他一边展览一边抚摸着自己的蛇鳞，温柔地说，看见没？我妈在这呢，这就是我妈，我活多久她就能活多久。不知是不是因为被封为"蛇王"之后，多少沾了些蛇的邪气，还或许是因为他母亲附在他身上的那部分重量也起了作用，两个人合并成了一个人，总之他打起架来特别狠，随时都可以不要命，以至于为自己打出了一座小山头。在厂里，只要远远看到蛇王这类人，我都是赶紧绕道而行，避之不及。也是过了好多年我才想明白，当年蛇王打架那么不要命，不是因为他真的勇猛，而是因为他根本就不想活了。他没有了母亲，又因为烫伤，无法娶妻生子，只与一个年迈的父亲相依为命。

另一个外号叫"贝尔"，因为这个人姓荀，本来有个外号叫"狗熊"，与"荀"谐音，再加上肥头大耳，鼻子上架着一副圆眼镜，脖子短得几乎看不见，一颗肥圆的大脑袋直接扛在俩肩膀上，想扭个头都不容易。

"狗熊"本来挺贴切的，但小孩子们上英语课之后，学到了狗熊的英语单词 bear，所以又赠送给他一个新的外号"贝尔"。尽管还是狗熊的意思，但听起来洋气了不少，他也就欣然接受。贝尔刚从纺校毕业回来，厂子就倒了，他一天班都没上，无缝对接。所以后来贝尔一直都很敬重刘静，说她才真正是条好汉，他们都不如她。我后来发现，在纺织厂诞生的那群古惑仔里，敬重刘静的居然还不在少数，如果刘静那时候想自立山头，估计也会一呼百应，她可能会成为纺织厂新生的一枚女大王。

大一寒假我回到了纺织厂，大雪初停，整个厂子被大雪覆盖，纺织机无声无息，有一种坟地里才有的洁净和枯寂，几只喜鹊刚还落在光秃秃的大白杨上，忽然就转身飞走，在空中划过一道黑白的闪电。工人文化宫的门上挂着大铁锁，看上去如中世纪阴森的古堡，墙上还残留着电影《泰坦尼克号》

的海报。厂里的那条铁轨也已经废弃，此刻落满积雪，自从火车永不复返之后，这里的人好像就被永远困在这里了，而外面的人也进不来，这里变成了一个独自存在的世界。

太阳出来了，冬日冷白的阳光照耀着大地，屋顶和树梢的积雪在阳光下闪闪发光，格林童话一样。我在雪地里慢慢往前走，生怕摔倒了，一路上碰到了几个和我差不多大的女孩，一个厂的，其实都认识，她们是几年前从纺校毕业的，如今待业在家。她们都化着浓妆，穿着高跟鞋，其中一个穿着一件长长的毛皮大衣，但她还很稚嫩的脸完全架不住这样的大衣，穿在身上倒有一种身首不在一处的古怪感。她们也看见我了，但都没和我打招呼，很招摇地从我身边过去了，竟带有一点示威的意思，我又往前走了一段路才忽然明白过来，可能是因为我上了大学。

我向纺织厂的后门走去，路上又碰到了王胜刚和他的两个兄弟。他们衣裳单薄，鼻子和耳朵都冻得通红，随时会掉下来，正扛头缩肩地走路，走得很快，好像有什么紧急任务要完成。一看见我，王胜刚就大声和我打招呼，刘英你回来了？以前远远看见他们就想躲开，现在见了却忽然觉出了他们的可怜。我特意迎上去说，刚回来，学校放假了。他擤擤通红的鼻子，把鼻涕甩在雪地里，嘴里哈着白气，很霸气地对我说了一句，有事来找我，都给你摆平了。他身后的蛇王和贝尔，两个传说中的人物也冲我点点头。

我开始时还觉得奇怪，蔫不拉唧的王胜刚怎么能和两个流氓混到一起，而且居然能和他们一起打架？后来我想明白了，其实他和刘静骨子里倒是一致的，他们都是平民里的英雄主义者，不像我，从一开始就承认自己是平庸的，充其量只能做个普通小平民。王胜刚能从打架中找到存在感也毫不奇怪，一个从小看人眼色唯唯诺诺的孩子，一旦做了流氓，就会忽然发现一个全新的陌生的自己，尤其是当他从别人眼里看到害怕的时候。当流氓的秘诀就是，只要你不把自己的命当回事，所有的人都会害怕你。从某种程度上讲，刘静身上也具备这种古典流氓精神。

那个时候，纺织厂的老工人们在县城卖菜受排挤，于是古惑仔们集体去县城打架，为老工人们抢地盘，流了几次血，也确实抢到了一些地盘。但这时候的纺织厂在县城人眼里已经彻底没落，形同一片废墟，纺织厂女工不再引领潮流，转而开始到县城的各个角落里打工或做小生意，在街边摆地摊卖袜子卖秋衣秋裤的基本都是我们厂女工。

我从纺织厂的后门走了出去。从这后门出去就开始进入阳关山了，我们小时候去山里玩耍都是从这后门溜出去的。出了后门有两条小路，一条是进山的，另一条看着更为诡异寂静。我沿着那条诡异的小路往前走，远处苍山覆雪，山岚缭绕，深黛色的松柏点缀其间，有几分写意山水的味道。不觉就走到了小路的尽头，我停住了，这里是纺织厂的坟地，有纺织厂的职工去世几乎都埋葬在这里。所以，这个地方对我来说，就像另外一个小型的纺织厂，一个埋在地下或飘在天上的纺织厂，是我们那个纺织厂的影子、魂魄或镜中之像，介于虚实之间，又游离于时空之外。不管我们那个厂是繁华还是萧索，它一直都是这样安静地坐在一旁，默无声息地看着我们生生死死。

几十座大大小小的坟墓此刻都被白雪覆盖，看上去温柔洁净，被白雪勾勒出的弧线也优美异常，简直美得不像一块坟地。我没事的时候喜欢来看看这片坟地，是因为我觉得它是纺织厂放置在未来的故乡，纺织厂的人尽管来自四面八方，但最后都要到这里来的，就算是一个逆向的故乡吧。

快到过年的时候，刘静也回来了。看见

她的那一瞬间，我忽然一阵恍惚，觉得时空紊乱，状如迷宫，我居然又迎面碰见了几年前的那个刘静，那时候她还在上纺校。只见她穿着长及脚踝的大衣，头发已经留长，烫了卷发，描了眉涂了口红，她一进门就脱掉了外面的大衣，里面穿一件咖啡色的紧身毛衣，应该质量不大好，毛衣上起球很厉害，下面是一条黑色皮裙，再下面是一双尖头的高跟皮靴，一直到膝盖那里，鞋跟细长得像枚钉子，走路的时候居然不会钉到路上？但我很快就又意识到，眼前这个人并不是几年前的那个刘静，虽然看上去多少有些借尸还魂的味道。准确地说，眼前这个人是过去那个刘静的平方体或立方体，在经过平方或立方之后，她并不是体积膨胀了几倍，而是身上携带着一种更为巨大凶猛的力量。童花头和初中校服的痕迹被抹得干干净净，好像那些只是属于我一个人的梦境，而她并不在其中，也从未做过我的同学。她直接和四年前的自己对接上了，匆忙地，不顾一切地，直奔过去那个刘静而去。

就像我高中时候不敢直视刘静，现在我发现我还是不敢直视她。我也正在上大一，自然知道，在大一的女生当中，绝没有她这样的装扮，大一的女生其实就是一个延长版的高中生，还没有来得及发生蜕变。也就是说，她如今这样的打扮和她在高中时代那样的打扮，其本质是一样的，现在的皮裙长靴和那时候的旧校服大头鞋其实是一样的质地，都会让她看起来像个怪物，都只会把她从学生中隔离出来。我已经知道了，在大学校园里，她仍然像个马戏团的演员，仍然会四处被人围观。

我也知道，她这是在急于报复。估计早在高中时代，她已经暗暗下了这个决心，那就是，有一天她要让所有的人都知道，在那身破旧的初中校服和大头球鞋的里面，还藏着这样一个刘静。我后来还听母亲和我说，刘静去上大学的时候，把自己当年在纺校穿过的那些衣服鞋子全都带走了。她一直把那些衣服珍藏在箱底，等待它们重新出世的那天为她鸣冤昭雪。但是后来，一次都没见她穿过。可能因为她后来发现，那些衣服都已经过时了。

虽然我是一个放到人堆里就挑不出来的人，但还是不由得对刘静有些怜悯。这天，我和刘静一起去县城买年货，因为我们如今不再是同班同学了，她就又变回了一点姐姐的样子，像从前那样，有时候还会训斥我几句。我们到了县城最热闹的东关十字街，只见十字街头摆满了各色年货，卖干果的，卖鞭炮的，卖年画和春联的。我们边走边挑，我心里很高兴，我们俩已经很久没有这样一起逛过街了。这时候对面有人和我打招呼，抬头一看，是一个高中同学，当然也是刘静的同学。刘静假装没看见，理了理大衣的衣摆，两手插在兜里，昂首挺胸地快步走过去了，高跟鞋嘎嘎敲打着路面。我紧走几步追上她，埋怨道，好歹也是同学，打个招呼怕什么。她只是快步往前冲，好像有一种巨大的惯性推着她，一时无法停下来，脸紧紧绷着，但眉梢之间又渗出一缕扬眉吐气的喜悦，她总算让这高中同学见到她的真身了，难免有一种报仇之后的快乐。漫无目的地往前冲了好一段路，那点复仇的快乐如柴火一般很快烧成灰烬了，她才慢下来，半笑不笑地对我说了一句，你们这些小孩。

她这句话忽然让我一阵难过，上高中的时候，她就既不像老师也不像学生，如今上了大学，却仍然没有改变，还是既不像老师也不像学生，既无法和学生做朋友也无法和老师做朋友，除了杨声约。我想问问她有没有关于杨声约的消息，但后来还是闭了嘴，什么都没问。

整个寒假里，只要没事，刘静就会穿上她那身行头去县城里晃荡或者说展览自己。

因为没钱买更多的衣服，她只有这一身行头，分外爱惜，每次出门前一定要把靴子擦得锃亮，直到能映出人影，一定要把大衣用湿毛巾擦了又擦，不要落上一点灰尘和线头，工作服似的天天披挂在身上，然后便骑自行车去了县城，再把自行车往路边一锁，然后她自己便两手插兜，昂首挺胸地在街上走来走去，走来走去，却并不买任何东西。在厂里，只要她走过的地方，邻居们就在后面一边悄悄议论一边掩嘴偷笑，她们在笑她的皮裙和尖头长靴。

和她去了县城两次之后，我就不敢再和她一起走了，再走几次估计我也要跟着出名了。事实上，她在纺织厂的名声已经越来越大，简直要盖过她当年读高中时候的那点名气了。厂里那些先后成立的帮派竟然都有点忤她，好像她一个人便足以撑起一个帮派来。别的帮派是打架、抢地盘、抢买卖，她不，她单单就是往那里一杵，逼着所有人都要看到她。

　　大年初五这天，站在纺织厂的院子里都能听到县城里传来的鞭炮声，轰隆隆的，一大早就开始了，这天是他们的节日之一，俗称"破五"。这天，纺织厂里的很多人都去县城看热闹去了，我和刘静却一起出了后门，上了阳关山。上山的时候，她还是穿着那双高跟皮靴，我说你换双鞋吧，山路不好走。她坚决不换，两手插兜昂首挺胸地说，我多少年前就开始穿高跟鞋了，走钢丝都没事。确实，高跟鞋已经长在她身上了，要脱下来估计还得做手术。

　　我两顺着山路一直走到了水库边，站在边上一看，一面光滑晶莹的大镜子正闪耀在群山之间，整个水库都结冰了，一望无际。有一条小木船封存在冰湖中间，安静极了，一只乌鸦远远掠过湖面，发出枯寒的叫声，好像我们已经来到了世界的尽头。我和刘静走到湖面上，小心翼翼地在冰上挪动，我怕她摔倒，欲扶住她，她头一甩，大义凛然地说，我没事。然后便踮起脚尖来轻轻探路，像一只大鸟在湖面上起舞。我看得心惊肉跳，说，你快算了吧。然后便一把扯住她的胳膊，一起往前挪动，她挣扎了一下，没有再拒绝。

我们相互偎依搀扶着，慢慢挪到了湖面中央，我们都想看看，那块铺满碎瓷片的新石器文化遗址有没有露出湖面。冰湖上只露出一角土堆，上面长着几棵枯草，看不到任何陶片的迹象。站在冰湖的中央，我忽然间有种心安的感觉，它们只要不露出湖面就不会被更多的人发现，那么，这个古老的秘密就只属于天地间，只属于我和刘静，而我作为见证过秘密的人，竟也生出一种奇异的荣耀感来。站在我旁边的刘静试探着走了两步，站到那小小的土堆上，两手插兜，朝周围大大环视了一圈，忽然扭头对我说了一句文绉绉的话，你知道什么是文明么？这就是。

周围是洁白光滑一望无际的冰湖，像一个巨大恢宏的剧场。穿着高跟长靴的刘静轻盈地立在那土堆上，只用脚尖着地，她表情庄严，像个站在舞台上的演员。我不是很喜欢她说话的腔调，显得有些滑稽，但还是一阵感动。因为，在那一瞬间里，我忽然意识到，我和刘静已经和纺织厂的其他所有人都不同了，我们是被某种东西启蒙了的人。

我忽然想起了我们第一次遇到杨声约的情形，已恍如隔世，但他正是那个启蒙者。在回去的路上，犹豫再三，我还是忍不住问了一句，刘静，你，你有杨声约的消息吗？也不知道他后来去哪了。是她要求我的，不要叫姐姐，直呼其名就好。长长的沉默，伴随着我们嘴里哈出来的雪白雾气，真的像从嘴里长出的莲花。过了很久很久，我才听见她冷冷笑了一声，对着一侧的山峦说，那谁知道，说不定已经死了呢。

7

大二暑假见到刘静的时候，她穿着一件碎花旗袍，头发已经长得很长，又黑又长的头发一直拖到腰上，有点像女巫。脚上还是穿着钉子一样细的高跟鞋，戴着吊灯一样的耳坠，涂着大红色的口红，猛一看，整张脸上只有一张大红色的嘴唇。她用指甲油在自己指甲上画上画，有星星月亮花草，还把剪下来的月牙形的指甲装在一只缎面化妆盒里，把自己掉下来的头发也装在那只化妆盒里。她向我解释说，离开人身体的指甲和头发还是很美，具有诗的气质，有点像松尾芭蕉的俳句，水鸟嘴，沾有梅瓣白，应该把它们好生安葬，不能随便丢弃。她仍然看书，但书拿在手里更像是装饰品。她更喜欢别人都看她，或者说，欣赏她。

在每天黄昏日落的时候，她都要穿着旗袍和高跟鞋在纺织厂的院子里一圈一圈地散步。艳丽的旗袍，细细的高跟鞋，大红的嘴唇，黑色的长发，这些使她整个人散发出一种近于阴森的气场，而那艳丽哀婉的旗袍与这废墟般的纺织厂搭配在一起的时候，甚至生出了几分诡异惊悚的味道。她好像并没有太多的目的，只是在厂里一圈一圈地散步，一遍一遍地展览自己，她恨不得揪住每个人的耳朵，把同一句话用力捶打进去，你们快看看，我总算被解放了。是的，她终于从瓶子里把自己放了出来，然后在烟雾中徐徐变成了一个巨人，再然后，连她自己都无法把这巨人再塞进瓶子里了。

　　凡她走过的地方，永远不缺小孩子们前呼后拥地跟着，小孩子们对马戏总是有着天然的敏感，无论在多么荒凉偏僻的地方，他们都能准确地嗅出一场即将上演的马戏。

　　那个暑假，我跟着父亲一起去县城里卖菜，努力避免见到她，甚至连母亲也有点怕她了，我发现她经常在背后偷偷打量着刘静。我开始怀念那个高中时代的刘静，那时候，她虽然又怪又土，却真正算得上绚烂夺目。

　　好在她只住了十来天就提前回学校了。

　　再次见到她的时候，已经是大四的寒假，这时候所有的毕业生都在忙着找工作。我看到她的第一眼，又是一惊，本以为她的长发都该长到脚跟了，不料她却把那头带着妖气的长发咔嚓剪掉了，变成了男孩子一样的短发，露出耳垂，却没有戴耳坠，也没有涂口红。她身上穿着一件不分性别的黑色棉衣，晃里晃荡的，腿上一条旧牛仔裤，很久没洗过的样子。更重要的是，她脚上居然穿着一双笨头笨脑的平底棉鞋，要知道，高跟鞋可是从她身上长出来的一件器官啊，与其说从她身上脱下来还不如说是从她身上割下来。

割掉高跟鞋的刘静忽然矮了一截，加上裹着一件肥大的棉衣，整个人看起来忽地瘦小了一圈，除了瘦小，她身上还散发一种陌生的东西，不像平静，也不像认输，细细一体会，我忽然察觉到，这其实还是一种示威，只不过换了个反方向。但因为用力过猛了一点，使她看上去很是生硬，有种紊乱感，像是借了别人的衣服胡乱套在了自己身上。

反倒是我平生第一次穿起了高跟鞋，还给自己添置了一身看起来成熟点的套装，穿在身上像盔甲一样，因为正是毕业季，我也在忙着找工作。不光是我，毕业班的女生几乎都穿起了高跟鞋，有的还烫了头，涂了口红，挎个手提包，个个想把自己打扮得成熟一点，准备着踏进社会。而刘静不知出于什么原因，再次从人群中跳脱出来，与所有人背道而驰。

那个寒假里，刘静不再骑车去县城展览自己，也不再急切地想让所有人都能看到她，她几乎每天都要独自上趟阳关山，大棉衣一裹就走了，连镜子都懒得照。倒是我实在忍不住了，问她去山里干什么，她说正在写毕业论文，她报的论文选题是《高僧昙鸾圆寂于何处》。我忽然想起高中时代，杨声约不就经常在山里寻找这个昙鸾的墓塔，那时候学生们在背地里还相传他是在找古墓想盗墓。我心中纳罕，怎么她也开始对这个昙鸾葬在哪里如此感兴趣。又想起自从杨声约忽然消失之后，就再没有听到关于他的任何消息，且生死不明。

一天下午，只有我一个人在家中，刘静又上山去了。我无聊地翻了一会儿小说，忽然看到她的笔记本放在桌子上，便顺手拿起翻了翻，里面记录的都是关于昙鸾墓葬的一些资料：

　　《净土古刹玄中寺》中有记载"昙鸾葬于汾西泰陵文谷"，可解释为昙鸾葬于汾河西岸之泰陵县文谷村，所以，可以这么理解，只要找到文谷村即可找到昙鸾葬地，但现在阳关山上已没有文谷村这个村名，应当是已经死去的古村名。阳关山上的玄中寺里，有十处记载有文谷村的碑，依据这些碑刻，文谷村更名为文峪村再更名为文倚村的时间大致经历了北魏到明中期、明中期到明末、明末至今三个阶段。金元时期一直称文谷村，有碑刻为据，金泰和四年（1204年）重刻《铁弥勒像颂碑》碑阴所记下院中有"文谷村寿圣寺僧元琼、净照"之记。直到明天启五年（1625年），始有关于"文倚村"村名的记载。这说明，文峪村改名为文倚村应当是在文峪河改道远离该村之后。根据古地名调查及旧志记载，文峪河很长一段时间流经文倚村而入汾河，文倚村古居晋中盆地西部洪积倾斜平原区前缘，根据该村资料中钻孔有砂卵石的记载可知，文倚村西系古文水流经之地，与北魏《水经注》所记载的"文水出大陵县西山之文谷，东到其县"正好互相印证。由于村名所依据的地貌及地理位置逐渐变化，河道迭经更改，所以文倚村地形在后来越淤越高，且文峪河又不断迁远，仍名文峪村已失去原来的意义，故后来用更有文化的文倚村取而代之。综上所述，今之文倚村就是古之文谷村，舍此没有其他。但昙鸾葬于"汾西文谷"究竟是指古代的文谷村还是指二百里的文峪河河谷还有待考证。

用一个僧人埋在哪里做论文，我多少觉得有些无聊。放下那个笔记本，呆呆坐了一会儿，我忽然想到，她寻找这个昙鸾的葬地会不会和杨声约有什么关系，毕竟，杨声约当年也一直在寻找这个僧人的墓葬，但这几年时间里，我从未听她提起过杨声约一次。

大学毕业之后，我回到我曾经就读的县城高中做了老师，像我这样的人与县城那种平静慵懒最是匹配，所以我毫不犹豫地选择回到县城。因为工作的缘故，我从纺织厂子弟变成了县城人，而此时的纺织厂已经被不断扩张的县城包裹起来了，变得像县城的一件内脏，说心脏，那肯定不是，最多是那种无足轻重的器官，比如阑尾之类。纺织厂的工人们纷纷涌进县城打工做小生意，而县城人也开始跑到纺织厂来租用那些废弃的厂房，因为价格便宜。

有一段时间我忙工作没回纺织厂，回去一看，吓了一跳。有个巨大的纺织车间被人承包下来，在车间里挖了个大坑，改成了游泳池。车间外面挂了三个红色大字，"游泳馆"，旁边还挂了个蓝色的游泳圈，唯恐别人不知道，但怎么看都让人觉得是跑到纺织车间里来游泳了。后来因为没人来游泳，经营不下去，干脆改成鱼塘，在里面养了鱼，我们给这些鲤鱼起名为"纺织鱼"。原来放棉花的仓库也被租出去了，改成了粮油仓库。我早晨路过那仓库门口的时候，卷闸刚好徐徐卷起，仓库里阴森森的，还像以前一样神秘辽阔。因为母亲在这个仓库守了很多年，我难免觉得亲切，往里一看，吓了一跳，这仓库里怎么还是一片浩荡的白色？难道这里下雪下上瘾了？再定睛一看，原来里面堆满了一袋一袋的面粉，和棉花一个色系，也算继承了棉花们的遗愿。

存放粮食自然最怕有老鼠，所以粮油老板一口气招了十几只猫保安，各种花色各种型号，像一群小老虎一样镇守着仓库。防了老鼠又怕有贼来偷粮食，于是老板又养了七八条大狗，日日吠叫，阵势森严。精明的老板又看到仓库前面的空地可惜，便又见缝插针养了十几只鸡，养了鸡之后又怕自己的鸡被人偷走，于是又养了几只大鹅看守着一群鸡。那几只大鹅活像领了工资的保镖，不管是谁，只要一靠近鸡，它立刻跳起来咬你，嘴里还发出恐吓的叫声，欲把你赶走，居然比狗还凶。后来更有甚者，开始在纺织厂里饲养火鸡和孔雀，那两只孔雀孤单而落寞，没事就开屏玩，举着富丽堂皇的大尾巴来回踱步，活像维多利亚时代的宫廷贵妇，寂寞而幽怨。

刚开始的时候，每次孔雀一开屏，纺织厂里就像过节，熙熙攘攘，人山人海，厂里的厂外的全都挤过去看孔雀，这可是黄土高原上的孔雀啊，人越多孔雀越得意，活脱脱两个贵妇，眼风带水，斜斜勾着人，却又用一把鹅毛扇掩了嘴角偷笑。此时，整个纺织厂已经成功变成了动物园，以致父亲他们种的菜地节节溃败，面积日益缩水，眼看连菜农都做不成了。父亲一边摆弄蔬菜一边和我倾诉他的担忧，他好不容易从农民变成工人，又好不容易从工人变回农民，下一步又要变成什么了？听他的语气，他仿佛已经变成了小孩子手里的变形金刚，随时都可以变形。

　　因为在县城里做小买卖的地盘基本已经划分完毕，所以战争慢慢平息，纺织厂的古惑仔们大都放下屠刀立地成佛。而且他们转眼也到了谈婚论嫁的年龄，纺织厂内部人数毕竟有限，难以消化这些光棍们，所以纺织厂和县城之间的通婚日益增多，以至于经常能听到街上走的小两口一个讲普通话一个讲方言，居然也挺和谐。我已经预见到自己的命运大抵就是如此了，找一个县城人结婚，过小日子，不过这没有什么不好。通婚是这地球上最神奇的事情之一，正是通婚联结起了各个大陆，创造出更缤纷的人类，于是大地上变得越来越丰饶和绚烂，越来越无限和纵深，还流淌着足以宽恕一切的包容。

我逐渐融入了县城的生活，甚至学会了几句他们的方言，只是说起来依然觉得别扭。当时县文联办了一份历史文化方面的杂志叫《山水志》，会定时寄到学校，因为有读小说的习惯，空闲的时候我会把那份杂志也随便翻一翻。那天，我忽然在杂志上看到一篇很眼熟的文章，仔细一想，正是在刘静笔记本上看到过的那篇《昙鸾墓葬究竟在何处》，但是署名居然不是刘静，而是杨声约。

我看着那个名字愣了足有几分钟，文章分明是刘静写的，可是为什么最后她要署名杨声约？杨声约已经消失了五六年了，一直杳无音讯，学校也已经将他除名，没有人知道他到底去了哪里，到底是死是活。莫非，她署上杨声约的名字是为了证明杨声约还活着，甚至就躲在这县城的某个角落里，可是她为什么要这么做？又想到她对杨声约必定是恨之入骨的，我更加困惑，百思不得其解。

我和刘静又是一年多没有见过面了，她大学一毕业就去了北京找工作，后来只听她说在一家什么公司里，至于具体做什么工作她没说，我也没问。是不敢问，我一直都有点怕她，说不上到底是怕什么，但就是始终觉得有点怕。我们高考的那年正好赶上了大学扩招，所以到我们大学毕业的时候，工作已经不是很好找了，她本来就没有年龄优势，却又执意要去北京找工作，估计也够艰难，但越是这样我就越是不敢多问。我们工作满一年的那个夏天，学校正在放暑假，刘静发来短信说她要回家一趟。我忽然有点紧张，因为当时我刚刚有了男友，就是学校的同事，一个县城土著。我很害怕这个消息被刘静知道，因为刘静当时已经二十七岁了，一直没有男友。这么多年里我从来不敢和她提与恋爱有关的任何字眼。

她再次把头发烫成了波浪状，还染成了浅栗色，在阳光下泛着金光，涂了深红色的口红，还画了眼线，这使她的眼睛忽然变大变黑，里面叠着一层一层的风声树影，看起来简直像个从法老身边刚走下来的埃及女人。埃及女人把行李箱放下，忽然隆重宣布，她考上研究生了，已经辞了职，这个空当正好回家住几天，等九月份开学了再去北京上学。她这次考上的正是她高中时代梦寐以求的那所大学，那时候她把这所大学的名字写在一张纸上，又用塑料纸精心包好，每晚睡觉的时候压在枕头下面，给她做守梦兽，甚至有时候干脆就把那张纸抱在怀里睡。每到月圆之夜，她都会偷偷把那张纸供奉在月光里，然后跪下来对着月亮默默祈祷，估计是祈求月神保佑她能考上这所大学。我每次看到都假装什么也没看见。

我一边择豆角一边试探着问，怎么又想起考研了？是不是工作不太顺心？埃及女人慢慢翘起一只嘴角，做出微笑的样子，说，以为我真考不上那所大学？我赶紧闭嘴，端着择了一半的豆角跑进厨房里了。

她本来是我的姐姐，大我四岁，后来我们俩硬是变成了同班同学，现在，我变成了一个中学老师，而她又再次变回了学生，虽然她不是我的学生，但我还是觉得很别扭，有一种强烈的紊乱感和荒诞感。不过，她终于考上她心仪多年的大学，我也替她高兴，她走的道路和别人不一样，没多少机会做正常人，这也算是对她的一个补偿吧。

8

　　我俩又结伴上山去了水库边。站在湖边
一看，因为八月份正是北方的雨季，湖水又
涨了一截，连湖水中央原来露出来的那角土
堆都被彻底淹没了，湖面平静光滑，在阳光
下泛着丝绸的光泽，而在幽暗的湖底，却沉
着一个五千年前的秘密。那些新石器时代的
古老陶片此时就静静沉睡于湖底，不会有更
多的人来打扰它们。尽管我和刘静站在那里
没有说一句话，我们就那么默默站着，眺望
着湖水中央，但我能感觉到此时她和我一样

欣慰。这是这么多年来我们俩共同守护着的一个秘密，有时候我觉得我和刘静就像两个守墓人，守着一段古老神秘的时间，而这种守护本身有时也在我们身上折射出了某种光华，使我们在某个瞬间里竟也有了那么一点点庄严的东西，尽管这点东西转瞬即逝。

离开水库，我们跟着叮叮咚咚的山泉行了一段山路，山中层林尽染，树叶变得五彩斑斓，而酸枣、玫瑰瓶儿、红果、山葡萄、沙棘都熟了，不时有飞鸟冲过来啄食，我们也一路采摘着野果，像小时候一样边走边吃。我们一路上几乎无话，只交流了几句哪种野果最甜之类的话。其实她这大学四年里的一些事情我都有所耳闻，因为还有别的高中同学也在刘静那所大学里读书，比如像什么她在新生发言会上做了一番惊世骇俗的演讲，把她读高中的艰辛足足演讲了一个小时，又比如她穿着早已过时的职业套裙在校园里招摇过市被学生围观，再比如她曾追求

学校的一名老师而被拒绝等，她这些又经他
人演绎夸大的事迹其实我都知道，但我一直
装作什么都不知道。现在，她就走在我身
边，离我咫尺之间，我甚至能闻到她用的面
霜的味道，那种我们从小用到大的叫少女之
春的面霜。我心里忽然就一阵疼痛，几乎要
落下泪来。我装出很轻松的样子，问了她一
句，你现在过得还好吧？她嘴里正嚼着一颗
红果，嚼了很久才把核吐掉，嘴唇已经被染
红了，像涂了口红。这时才听她轻描淡写地
说了一个字，好。

后来的几天里，她几乎每天都要上山，
仍然是去寻找那个昙鸾的墓葬，做这件事情
的时候，她不愿和任何人同行，仿佛那是只
属于她一个人的秘密，并且她乐此不疲。我
越发觉得这和杨声约一定有什么关系，但又
不敢直接问她。那晚我从宿舍回到家里住，
想陪她住一晚。我们那个小房间还停留在多
年前的时空里，两张单人床，中间一张大木

桌，靠墙摆着一只立柜，上面镶嵌着一面雾蒙蒙的穿衣镜。把灯关掉，躺在这单人床上，时光像潮汐一般，一层一层地漫过我们，而我们正不停地向后退去，退去，直至又退回到了当年的两个小女孩。这种漫漶感在黑暗中格外温柔，让我真的像回到了童年，再看刘静，她一动不动地躺着，却也不像睡着的样子。我便随口说道，你现在都不用写毕业论文了，成天找一个和尚的墓有什么用？她用一只手撑起头，似乎正在黑暗中看着我，看了半天，才听她叹口气说，刘英，你就是离世俗太近了，什么都先考虑有没有用，出生在我们这个阶层就更不能崇拜现实物质，更要做些所谓没用的事情。我笑了一声，奚落道，考上研的人就是不一样。她却忽地从床上坐了起来，在黑暗中阴森森地对我说，我就是要让那个人看看，以为我这辈子都考不上那所大学了？

　　我当然知道她说的那个人是谁，是杨

声约。

在她返回北京不久，我又在新的一期《山水志》上看到了署名杨声约的文章，还是关于昙鸾墓葬的。

在阳关山上开栅村北，有一座高尖的小山峰，村里人称其为高山岩庙。但此地并没有看到庙的踪影，那说明这里在古代肯定有过庙。清宣统三年的《文水乡土志》并没有相关记录，但在《牧爱堂编》中的《开龙门渠祭高离山》一文中有相关记录：《山西通志》记载开栅西北四十里有独峰高耸，远离小山，因名曰高离者。我来到此峰考察，只见山顶上枯草丛中散落着一些清代灰色残砖，大约这就是所谓"庙"留下来的遗迹。顾盼左右，只见上右是一片荒芜台田，再顺着台田向右侧行，只见一座坟墓，墓碑记名为李德明，立碑时间在清乾隆三十年，此外别无其他旧物。有人认为此地是昙鸾葬地，理由是高山岩庙应该叫"高僧崖"，而"高僧"就是昙鸾。但根据民间地理实体命名的惯例，要叫"崖"必须有悬崖，但此地并无切割式崖壁，基本属穹隆状地貌。此地叫"高山庙岩"是因为这里曾建过一个山神庙，叫"高山庙"，仅此而已。何况山顶只有一块很窄的平地，不具备建陵的地理条件，不可能是昙鸾葬地。

我不知道在这个县城里，除我之外，还有谁会注意到这个叫杨声约的人又神秘地出现了。他已经消失了六年之久，其间杳无音讯，又无亲人，我估计很多人都已经把他忘掉了，现在，刘静却要以这种方式强行把这个人召唤回来，尤其是当我知道文章出自刘静之手而并非杨声约之手的时候，这种感觉更加强烈。一种招魂的感觉，神秘而阴森。

我看着那篇文章左思右想，还是试图想明白刘静这么做的目的。她的目的，要么是怕杨声约被人们彻底遗忘了，用这种方式提醒杨声约的存在，要么就是为了掩饰什么，到底在掩饰什么？用这种方式掩饰一个人其实已经死去的事实？如果真是这样，她又怎么会知道他已经死了呢？这可能又是一个秘密。我只觉得脊背发凉，不敢再往下想了，赶忙把学校里的那本杂志藏起来，唯恐更多的人会看到。

此后的两年多时间里，我都没有和刘静再见过面，但时不时地，我会在《山水志》杂志上看到署名为杨声约的文章又冒出来，全都是关于昙鸾葬地的系列文章。

与北峪口隔文峪河相望的便是西峪口，该村的历史相当悠久，西山坡上分布有大面积新石器时期文化遗址。村后的西山名叫僧头岭，传说有一个和尚埋在这里，人们传说是王墓。爬上僧头岭，只见其西北为崖底大寺遗址，故疑此山名因该寺而得。岭上南部地表有一土埠，土层内含有绳纹、篮纹灰陶等残片，其西北地表遗有大型兽骨与火石，推论为新石器时期遗物。按此山名，似与僧人相关，但又无其他遗物佐证，故排除此地为昙鸾葬地的可能。

隔段时间又看到一篇。

崖底村有一大寺，在西坡上有和尚墓塔。寺的规模很大，院中白皮松的直径为 1.3 米，年代久远，今已被摧毁。依据一些资料判断，此寺似为昙鸾曾住过的并州大寺，亦称大岩寺。昙鸾葬此地也不成立，原因如下：其一，"魏主敕葬之泰陵文谷"与"敕住并州大寺"在《昙鸾传》一文中同时出现，同是魏主所敕，故而不会一地两名。其二，"营造陵庙于泰陵圣地"，但其时此地早有殿宇，不存在另营之事。其三，是敕葬于"泰陵圣地"，而非"并州大寺"，且所遗墓塔明代建筑特征明显，故而此处也不会是昙鸾葬地。

可是整个县城里，好像除了我之外，并没有人注意到这组静悄悄的诡异文章，每个人都在忙生活忙工作，没有谁有多余的时间去关注一个消失已久的人。于是便产生了一种很奇特的效果，那就是，刘静一个人在那里写，我一个人在这里读。说到底，还是一个只被我们俩共同守护着的秘密，就如同沉在湖水中央的那个秘密一样。

再次见到刘静已经是两年半以后了，这期间我结婚她都没回来，不过我也不希望她回来参加我的婚礼，我怕她会难过。她是那年的五月份左右回来的。刘静再度出现在我面前的时候，我还是吓了一跳。这么多年里，我已经习惯了她以惊人巍峨的形象忽然耸立在我面前，就是在她当年穿着破旧的初中校服和大头球鞋，骑着那辆"彩色斑马"的时候，她其实也还是高耸着一副惊人巍峨的形象。这次她又把我惊到了，但不是因为她又变换了什么惊悚的造型，而是，我忽然看到了一个正常下来的刘静。尽管她以前也穿得拖垮甚至寒酸过，但那其实绝不是什么朴素，反倒是一种更加高调的张扬，让她从人群里更容易跳脱出来，更容易产生一种戏剧的效果。而眼前这个刘静，手脚眉眼什么都还是从前的，我却觉得她忽然变了，好像她是从很高很高的地方归来的，千里迢迢，历尽磨难，走到这里，已经一切都不在话下了，衣服恢复了最原始的功能。剩下的只是大雪初停之后的旷野，萧瑟，平静，和奇异的餍足。

这使她真人就站在我面前的时候，我仍

然觉得她很虚很远，并不像一个真实的人。反倒是她从前那些夸张的造型让我觉得更真实。

只见她穿着一件米色套头毛衣，里面是一件格子棉衬衫，腿上一条合身的牛仔裤，脚上一双白色运动鞋，头发剪到耳根处，露出了两只米粒大的耳钉，嘴唇上没有涂口红，只淡淡描了眉。她看起来太过正常了，这反倒让我隐隐有些担心，仿佛其中设了什么圈套。

我们一家四口边吃晚饭边聊了些久远的家常，直到晚饭快吃完的时候，她才像想起来什么，顺便说了一句，她考博的成绩刚出来了，她准备继续读博。母亲的筷子停在半空中，说，你这是上瘾了吧？都那么大年龄了，不说赶紧结婚成家还要去上什么学，你总不能到老了还在上学吧？换了从前，她一定会昂起脖子，不屑地说一句，你们就是太庸俗了。

　　但她并没有生气，而是笑嘻嘻地站起来收拾盘子，嘴里说，反正已经老了，再老点怕什么。我眼前顿时出现了一个耸立于人群之中的老博士，继承了她高中时代的衣钵，穿着十几年前的旧衣服，骑一辆嘎吱作响的破自行车，点着一支蜡烛熬夜看书，晚上从来不敢脱衣服，从梦中惊醒的第一件事就是忏悔自己睡着了，然后跳起来看书，好像睡觉都是一种不可饶恕的罪过。如今我做高中老师已经做得驾轻就熟，因为当班主任，也摸索出一套管理学生的办法，但我对班里那一两个最刻苦的学生还是有点害怕，甚至不敢多看他们，因为他们就像是从刘静身上掉下来的一个个分身。如今得知她还要继续做学生，我心里反而一阵欣慰，看来她确实把自己研究透了，她真的挺适合上学，她可以一直上下去，当她上到一定程度的时候，年龄会自己消失，而她会变成一个没有年龄的人，或是一座看不出年代的建筑，强悍无比，巍峨地耸立在校园里受人们瞻仰。

收拾完碗筷之后，我邀请刘静一起出去散散步，她欣然同意，我们便一起出了门，在厂里慢慢地溜达着。因为穿着运动鞋的缘故，走在我旁边的刘静无声无息的，连一点脚步声都没有，她整个人缩了一个号，变得很轻盈很瘦小。当年那清脆的高跟鞋钉在地上的声音真的从她身上拔掉了，我这才意识到，那声音其实已经长在她身上了，像牙齿像指甲一样，早已经是她身上的一部分，她却真的把它们拔掉了。我甚至能闻到剩下的那种柔软荒凉的气息，像光秃秃的牙床一般，静静停泊在我身边。我心中忽然一阵难过，不敢想象这几年时间里，她又经历了什么，以至于下了如此大的决心。为了掩饰伤感，我故意笑着对她说，怎么连你都开始穿平底鞋了？你以前可是连爬山都要穿高跟鞋的，就差穿着高跟鞋睡觉了。说完我自己赶紧干笑几声，等我笑完半天了，她才微笑着吐出两个字，有吗？

　　这两个字好像把往事都一笔勾销了，我一时只觉得凄凉，当年的风华绝代忽然成了梦魇。她没再说什么，我们默默地在纺织厂的废墟里散步。这时候的纺织厂因为被开发商相中，想在这里开发楼盘，大部分职工都同意了，不料楼房拆到一半的时候，几个老职工死也不同意了，金銮宝殿也不要，就要住自己的旧房子。于是拆了一半又停下来了，职工们便住在拆了一半的楼里，有点世界末日的感觉。即使这样，人们每日照样兢兢业业地做饭洗衣，吃饭喝酒，打牌吹牛，阳台上照样飘满花花绿绿的衣服，照样在一切露出泥土的缝隙里种上绿油油的蔬菜，照样在墙角里圈养几只鸡鸭。坍塌一半的废墟与倔强的蔬菜和活蹦乱跳的鸡鸭搭在一起，再配上几只忠心耿耿的狗，几只飞檐走壁的猫，自有一种妖娆的生机弥漫其中，也算得上是一处颓败的世外桃源。在这夜晚看过去，灯火寒凉，危楼幢幢，废墟的效果更加立体逼真，这让我们感觉自己已经不属于人类社会了，我们更像在一个世外的小王国，类似于大海上的孤岛，或森林里的原始部落。

我们有点走累了，最后在小花园的那座八角凉亭里坐了下来，这座亭子四面来风，以至于人坐在里面时，总有一种要扬帆远行的错觉。这几年里我们很少见面，但毕竟是一起长大的姐妹，此刻大约都生出些想要弥补的欲望，觉得该说点什么，只是相对而坐忽有梦寐之感，更不知该从何说起了。在晚风中静坐半天，我才找话道，没想到我们纺织厂有一天会变成这样，要不是出去上大学，咱俩差点就留在这里了，我有时候想，对于咱们这样的人来说，上学可能真就是改变命运的唯一机会了。

刘静起身，靠在凉亭的一根柱子上，望着废墟里的灯火说，那不叫改变命运，那只是完成各自的使命，万事万物都各有使命，完成了自己的使命就是一种荣耀，这个纺织厂也不是没落了，它只是完成了自己的使命，到底还是荣耀的。

忽然有一种似曾相识的感觉，这样的语气，这样的氛围，想了半天我才想明白，是当年在杨声约的课堂上，就是这种感觉。我隐约感觉到，刘静表面上变得正常了，但内里却离我这样的人更远了。为了不至于尴尬，我笑着说，你平时和别人也这样说话吗？会吓着别人的。顿了顿我又说了一句，有点像咱们高中时候的那个历史老师，好像是叫杨声约吧。我紧盯着她脸的侧面，看她会有什么反应，但她只是倚着柱子，静静地看着夜色，好像并没有听见我方才说的话。

很快，刘静考上博士的消息传遍了整个纺织厂，她是纺织厂有史以来出的第一位博士，既然是第一位，那效果就还是有点像怪物，就如她当年从纺织车间硬生生跑到高中教室一样。不过惊人程度已经远不及当年，一来是因为如今人人在玩手机，消遣方式多了，不似当年，一条娱乐新闻都珍贵得很；二来是因为如今的纺织厂基本只剩下了一些老弱病残和鳏寡孤独，年轻人陆续都在县城安家了，找了县城里的对象，在县城买了房子，还有的去省城甚至外省打工去了。当年的古惑仔们如今每日忙着送小孩上学忙着挣钱养家，想打个架都凑不起来了。

这天傍晚，我和刘静从县城买东西回来，一进厂就迎面碰上了王胜刚、蛇王还有贝尔一行三人。王胜刚如今和一个县城姑娘结了婚，在县城的商贸城里租了个店铺卖电子产品。他那两个兄弟，一个蛇王，一个贝尔，还住在厂里，都一直单着，变成了两条明晃晃的光棍。蛇王自然是因为身上留下的烫伤，贝尔不知什么原因也单身着。

三人一人叼着一根烟，正在厂里慢慢地晃荡着，猛地看见刘静，竟有些激动，呼啦一下就过来把她围住了。蛇王咧着嘴说，姐，什么时候回来的？听说你考上博士了，你可真是牛逼，你一个人就把我们仨这辈子的学都上完了，你替我们都上完吧，我们哥儿几个心里高兴，走，姐，今天无论如何要请你吃顿饭，多少年前就想请你吃这顿饭了，一直没机会，今天可算逮着你了。另外两个也忙说，走走，请姐吃个饭，今天一定要喝两杯，二姐也走吧，一起。

这三人可是纺织厂名噪一时的流氓，以前见了他们躲都来不及，现在却围上来一口一个姐地叫着，让人忍不住有点心酸。刘静竟然毫不推辞，跟着他们就一起往外走，还招呼我也一起去，我便也拎着东西跟在了他们后面。他们三人把刘静围在中间，前呼后拥的声势让我想起几年前纺织厂里帮派林立的盛况。那时候，每个帮派都会滋生出一个小小的帮主，帮主们驰骋江湖，为了抢一点地盘为了多挣几块钱，成天打打杀杀，可惜

小流氓们的命运也就止于此了，后来并没有
人混成黑道上的大佬，个个最终都化为温良
的小老百姓。如今在纺织厂里再看到蛇王和
贝尔这样的遗民，就像看到一段包裹在大时
代里的小型时代的终结，叫流氓时代不好
听，叫古典流氓时代又抬举了他们，还是叫
后流氓时代更合适些。不管怎样，看到他们
三人至今还勾肩搭背在一起玩耍，并没有相
忘于江湖的样子，我多少还是有些感动。现
在，他们把刘静簇拥在中间，迎着金色的夕
阳一跳一跳地往前走，仿佛簇拥着他们新生
的女王。多年前我就知道，刘静身上具备做
一个帮主的潜质。不过那时候，她一个人就
撑起了一个帮派。

　　我们一行几人来到纺织厂门口的一家小
饭馆，名叫丽珠炒菜。门口的其他小饭馆都
已经倒闭了，就这一家顽强存活了下来，无
非是因为味道不错价格还便宜。屁股还没坐
到椅子上就先要了一盘油炸花生米，然后把

油腻腻的菜单扔到一边，王胜刚仰起脸，看着天花板，一口气点了几个蒜薹炒肉麻婆豆腐之类的家常菜，然后又要了两瓶玻璃瓶装的老白汾。花生米刚上来，蛇王就搓搓两只手往嘴里扔了一粒，说，有花生米就行了，开喝。只见他用口杯倒了满满一杯白酒敬刘静，不等刘静说话便一仰脖子，全倒进去了。接着又倒进去一杯酒，三杯酒灌下去，才算完成了他的敬酒仪式。刘静瞪着他说，这么喝酒不要命了？他抹了抹嘴角的酒，使劲拍着刘静的肩膀道，姐啊，你好好上学，好好上，能上到哪里就上到哪里，你替我们哥儿几个把学都上完了，我们几个脸上也跟着沾光，姐啊，我蛇王这辈子是混不出来了，估计就这样了，你替我上学吧，你上多少学我就跟着上了多少学。就像我妈，我能活多久她就能跟着我活多久。

刘静没吭声，忽然仰起脖子，把一小杯酒喝光了。这时候贝尔也举起酒杯凑过来，贝尔这两年更胖了些，脖子彻底消失，头已经深深陷进了肩膀里，所以头转动的时候，身子必须得跟着一起转，像辆笨重的大卡车。他把头和身体一起转向刘静说，姐，你是我们纺校生的光荣，我荀慧明也是纺校生，但混得不好，没能耐，我认了，但是一看见你我就觉得我们纺校生还是有意义的，你原来也是个纺校生嘛，纺校生也不是个个都像我一样，你说是不是，来，我敬你。刘静看着自己面前的那杯酒，忽然微微一笑，拿起杯子又喝干了。王胜刚也凑了过来，他两手端着酒杯说，姐，你上博士我们都高兴，是替我们自己高兴，我嘴笨，说不好，不过你肯定能明白我的意思。

刘静继续对着酒杯微笑着，酒杯里落着她的倒影，缩成小小一团，沉在杯底。这样看上去，好像她正在饶有兴趣地审视着自己。她把杯子里的酒又喝掉了，然后把酒杯往桌上一放，说，和你们说句实话，这是我第二次喝酒，第一次喝酒是在读本科的时候，喝完酒我出了很多丑，我就发誓，以后再不喝酒了，酒精让人失去控制，让人变得很丑陋，不过今天我一定要和你们喝几杯。

蛇王又倒了满满一杯，眼都不眨一下就倒进了喉咙。他一边向刘静展示着空杯，一边把眼睛睁得大大的，说，姐，我可干了，你能看得起我们几个，我心里高兴。刘静毫不推辞，连着喝了几杯之后，整个人开始变得兴奋起来，眼睛锃亮，话也开始多了起来。我心想，这怕是真要喝多了。想着便把桌上的半瓶酒收了起来，嘴里说，别喝了，差不多了。不料刘静起身一把把瓶子夺了过去，抱在怀里笑嘻嘻地说，刘英你干吗，我们才刚刚开始。

我忽然想起她刚上大学的时候，在新生交流会上发表了一个小时的演讲，我心里有些害怕，怕她又说起自己的苦难史，便借口说要出去透透气，独自走出小饭店，在门口的台阶上坐了一会儿。

饭店门口的这条路就是我们当年上学放学的必经之路，这几年没人修缮，动辄尘土飞扬。我正坐在门口，一个小女孩骑着一辆庞大的自行车慢慢过去了，她的脚尖都够不着脚镫子，脚下空划着弧形，居然也能滚动着向前。我忽然又想起当年的刘静，那个留着犬牙参差的短发，穿着旧校服和大头鞋，在一片荡漾的笑声和口哨声中，睥睨一切，骑着彩色坐骑冲进校门的刘静。这么多年过去了，那个刘静被我完好地装在一只玻璃瓶里，我时常把那玻璃瓶捧在手心里看着，以至于见到真实的刘静时，反而觉得有些陌生。

我估摸着时间，坐了一会儿就进去了，刚进去就听见刘静正大声地演说，我这半辈子啊，不是太把自己当人就是太不把自己当人，但结果都一样。我一听这话又掉头出去了，继续躲到外面去。

又等了好一会儿，估计喝得差不多了，我便又进去了。进去一看，四个人正抱在一起痛哭，看来真是喝多了，再仔细一看，是三个男人正抱着刘静哭，刘静笑嘻嘻地被包围在中间，手里还抱着一只空酒瓶。只听蛇王边哭边说，姐，你倒是给我说说，我的命怎么就这样？是不是我上辈子做的坏事太多，所以这辈子就惩罚我做条蛇？我他妈的就不是个好东西，为了一包烟就拿命和人打赌，我也就只配做条蛇。蛇王的眼泪和鼻涕抹了刘静一身，她也不擦，脸上依然笑着，拍打着蛇王的肩膀说，记住了，每个人都有自己的使命，使命完成了人就完了，其实吧，要是上天安排你做条蛇，这使命也没什么不好，你看人家白素贞也是蛇，多好，呼风唤雨的，还有情有义。蛇王又哭着说，姐，有时候我真是不想做人了。刘静举起自己的杯子吆喝着，酒呢，酒呢，给我添点酒啊。王胜刚忙给她倒上酒，她像个酒鬼一样一口喝完，又笑着说，给你们讲个笑话吧，有段时间我就是不想做人，我想随便做个什么动物、植物、幽灵或者鬼都行，就是不想做人了，所以我从假山上往下跳过，摔成了骨折，结果还是个人的样子。我还吃过安眠药，被拉去洗了胃，洗完还是得做人。对了，我还割过手腕，伤口好了以后还是得做人，后来我就想明白了，这是因为我作为人的使命还没有完成，每个人都是带着使命来到世上的，不管这使命是什么。

　　说罢她撸起袖子，微笑着展示自己手腕上的几道疤痕。哭声戛然而止，几个人齐齐盯着她的手腕，集体陷入了一种可怕的寂静，本是一个笑话，却忽然有了几分恐怖的意味。我心想，是开玩笑吧，从没有听她讲过这些事情。可是，再看她的手腕，居然真的有几道红色的疤痕，这是什么时候留下的？我顿时觉得眼前的刘静变得更加陌生了。

刘静展览了一下就飞快地把手腕收回去了，然后用那只手托着腮，依然笑嘻嘻地说，不用怕，你是人，又不真是蛇，迟早会有个人样的，有没有个人样也得靠你自己啊。蛇王却一把抱住刘静的胳膊，继续哭号起来，姐啊，我真喝多了，我告诉你吧，我前几天又做坏事了，连我自己都看不起自己，可是我有什么办法啊，又没有一技之长，挣两个钱真的太难了。我悄悄告诉你吧，印染车间丢的那台旧机器就是我偷的，我把它拆了，拿出去当废铁卖了点钱。这几天保卫科正在查贼，要是查到我头上把我抓起来，你说我老子怎么办，他现在老年痴呆了，连个饭都做不了，成天就两个肩膀扛着一张嘴等人喂他。

他这番悄悄话震耳欲聋，不光我们这一桌听见了，连旁边的一桌也听见了，那三个正在碰啤酒瓶的男人回过头来看了看我们，刘静忽然一拍桌子站起来，一只脚踩在椅子上，手里抢起一只酒瓶子，对那三个人说，看什么看。贝尔也顺手抄起了另一只空瓶子，王胜刚也站了起来，瞪着那三个男人。刘静站在他们中间，俨然终于成为他们的帮主。我不胜唏嘘，因为那个时代已经结束，江湖早已远去，他们的表演使他们看上去更像马戏团的演员。

我赶紧过去对那三个男人解释，他们喝多了，几个酒鬼，别搭理他们。三个男人看了我一眼，没说什么，继续喝他们剩下的啤酒。

刘静胜利地坐下，放下酒瓶，一把搂过蛇王的脖子，也用自以为是的悄悄话大声说，姐告诉你个办法，明天就和保卫科的人说，不是你偷的，是一个叫杨声约的人偷的，让他们有本事就找他去。蛇王拧着眉毛说，我自个儿跑去告诉保卫科不是我偷的？再说了，这个杨声约又是个谁？刘静眉飞色舞地说，一个谁也找不到的人，一个失踪了的人，反正谁也找不到他，那就把什么都安到他头上嘛，反正他自己也不知道，万一这个人已经死了，那死人就更不知道了，是不是？蛇王又要哭了，说，姐啊，你这主意好像不大好啊。

刘静在身上摸索半天，忽然摸出一支黑色的钢笔，可能是经常用手抚摸的缘故，笔身油光锃亮，我认出来了，这是当年杨声约送给她的那支钢笔。她对蛇王晃着钢笔说，你也不相信有这么个人，是不是？其实我也经常怀疑，世界上到底有没有他这个人，可是，我有他的钢笔啊，看见没，钢笔是真的吧，这钢笔就是他存在的证据，你拿去给保卫科看，就说这是杨声约的钢笔，钢笔落在车间了，说明就是他偷的。蛇王哭丧着脸说，钢笔还是你自己留着用吧，你就好好上学，好好念书，替我把没念过的书都念了。刘静使劲晃着那支钢笔，瞪大眼睛对蛇王说，你不信？真有这么个人，快去举报他，一举报他就出来了。

我实在看不下去了。我走过去说，看看你，哪里有点博士的样子。说罢把四个酒鬼强行分开，然后把刘静从椅子上拽起来。刘静一边手里挥舞着那支钢笔，一边向那三个男人喊，我多少年就喝这么一次酒，还不让我喝好，蛇王，你去举报，钢笔给你。

五月的夜晚，每个毛孔里都有花香在呼吸，这些花香经过了阳光和月光下的发酵之后，变得肥腻醇厚，让人在晚风中行走的时候也像喝了酒一样，脚下是轻的，软的。厂里的这些桃树梨树杏树葡萄树，很多都是父亲种的，他如今菜农也做不成了，只得平日里修剪修剪果树，秋天的时候临时做几天果农，收成的葡萄他自己并不吃，他喜欢把采摘下的各色葡萄装在大筐里，像圣诞老人送礼物一样，郑重地给东家送一串给西家送一串，直到全部分完为止。冬天的时候，他早早给这些葡萄树挖好葡萄窖，扶它们睡进去，等它们开始冬眠，再替它们盖上厚厚的棉被。

我想扶住刘静，怕她会摔倒，却被她推开了，她径直往前走，喝了酒的缘故，脚步轻盈异常，简直像在飘。我说，看着点路，你别摔了啊。她忽然扭过头，似乎对我笑了一下，说，够丑陋吧，我已经说过了，酒精会让人变得丑陋。

我们乘着晚风，飘荡在荒芜的小路上，破败中绽放着浓烈的花香，像穿行在某种奇异的时空隧道里。走了一段路我才说，你今天是故意让自己出丑的吧。她深深吸了一口花香，语气欢快地说，他们太把我当回事了，我想让他们知道，我和他们其实根本没有任何区别，没有任何区别。又是一阵沉默，我忽然想起她手腕上的那些疤痕，便小心翼翼地问道，你手腕上的那些疤，那些疤是怎么留下的？她哈哈大笑起来，边笑边问我道，你觉得呢？我心里猛地狂跳了几下，半天才说出一句，这么大的事，你怎么也不和家里说一声？

她继续走在我前面，好像并没有听到我的话，我决定索性多说几句，便继续对着她的背影说，你能考上博士，我真的替你高兴，可你也不能一辈子都躲在上学里，你喜欢孩子不？要是喜欢孩子，就早点成个家吧，有了孩子，这世上就多一个和你相依为命的人。此时我们已经走到一盏路灯下了，一束惨白的路灯把我们罩了进去，我和刘静像一起掉进了一口井里，周围的一切都在迅速后退，化入黑暗，纺织厂的灯火也随之沉入幽深的海底。她站住了，看上去清醒安详，毫无醉意，我听见她说，我从没有想过我应该有个孩子，因为我不配，我用尽了力气都没法变成一个更好的人。我不停地上学，不是因为我找不到工作，也不再是为了改变命运，你还没想明白吗？命运其实就在那里，和我们并没有关系，我只是想完成属于我自己的那点使命。

我忽然说，那杨声约呢？你自己写的文章都署上杨声约的名字发表，连偷个东西都要栽赃到他身上，你到底想怎么样？

她扭头走了，我默默跟在后面，快走到楼下的时候，才见她转过脸来，很平静很平静地看着我说，我当年决定考研，是因为我想报复，如果不是他，我可能早就考进那所大学了。我后来决定考博，是因为我发现，我这些年得到的所有尊严和羞辱都和他有关。所以，不管他到底是不是还活在这个世上，对于我来说，他一直就在那里。

在刘静返回学校后没几天，纺织厂忽然传出一条新闻，偷窃印染车间机器的贼主动去保卫科自首了，只是，先后有三个人去自首，都信誓旦旦说是自己偷的，搞得保卫科一时也分不清楚到底谁是贼。那三个人分别是蛇王、贝尔和王胜刚。

又是过了很久我才想明白，那天刘静故

意让自己醉酒和出丑，其实不过是她和自己告别的一种仪式，她一次一次地和自己告别，好继续往前走。

9

刘静博士毕业已经是四年以后了，这期
间我们只见过一次。博士毕业后她就在北京
找了份工作，工资不高不低，她一个人租了
一套五十多平米的小房子，在一个很老的小
区里，据说交通还算方便。那时候的纺织厂
连院墙和大门都被拆掉了，那几栋拆了一半
的老宿舍楼最终还是被拆了。最后硕果仅存
的一个老钉子户，七十多岁了，瘦骨嶙峋，
一峰驼背，在全楼人陆续搬走之后，他仍然
执意独自住在半截危楼里，还准备好了绳子

和农药，宣布说如果开发商继续拆楼，他就用这段绳子上吊。最后绳子到底没用上，他被自己的儿女连哄带骗地抬了出去。纺织厂如经历战争一般彻底成为一片废墟，父亲种的菜地和果树也随之灰飞烟灭，父亲重新做农民的梦被打破之后，也不再挣扎，逐渐沦为棋民，每日抱一只大罐头瓶，装满满一瓶开水，出门和几个老头一起蹲在路边下象棋，从早晨一直下到晚上，一下就是一天，还得母亲过去给他送饭，真是比上下班还要恪尽职守。

与此同时，新的楼房已经在废墟上破土而出，除了楼房，还在纺织厂的原址上开发了商业一条街。商业街竣工的那天，我带着丈夫和女儿回来溜达了一圈，在那条崭新的街道上走着走着，我忽然间有些恍惚，觉得来到了一个从未来过的陌生地方，一时怀疑纺织厂是真的存在过，还是只是我的一个巨大梦境。

天空之城几十年前飞到这里，现在，它又飞走了。

纺织厂彻底变成了县城的一部分，唯一能证明纺织厂存在过的证据就是山脚下的那片坟地。空闲下来的时候，我会独自去看望那片坟地，不告诉任何人。这是我们之间的契约，我不想被任何人知道。很多年前，我就觉得它像纺织厂的一个影子，如今，纺织厂不在了，但它的影子留在了那里，阴森孤寂，不动声色，静静俯视着山下的人们，看起来比那个真实的纺织厂要寂寞得多，也慈悲得多。那段时间，我喜欢上了"慈悲"这个词，因为它是一种不动感情的深情。

纺织厂的人们也纷纷消散在了县城里，邻里之间连见一面都很难了，但一年当中，总有两次，一次清明节，一次中元节，那片坟地会忽然之间富丽堂皇起来，甚至有点喜气洋洋，坟地里摆满了纸花和鲜花，搞得像座大花园，还点缀着各色水果点心，还有的

摆了酒瓶，放了饺子，有的坟头还插了三支
点燃的香烟。

　　那年秋天，我去北京培训，培训快结束
的时候我决定去看望一下刘静。她一直没有
结婚，也没有买房，仍旧住在那套租来的老
房子里。给她打过电话之后，她约我在离她
小区不远的一个饭店见面，说下班后请我吃
饭。又是许久不见了，只见她留着齐耳的短
发，脂粉不施，穿着一件朴素的黑色大衣，
脚上一双棕色的平底皮鞋，脱了大衣，里面
是一件铁灰色的毛衣，隔着毛衣能看出她小
腹凸起，已经有了中年人的体态。她一口气
点了很多菜，足够几个人吃的，又不停地劝
我多吃点，于是我们吃了一顿真正的晚饭，
聊得并不多，好像见面就是专程为了吃这顿
饭。我小心翼翼地选择着话题，不敢提我的
丈夫和女儿一句，因为她没有这些。她问了
问父母的身体状况，我又给她讲了讲纺织厂
这两年的变化。

又沉默了半天，她忽然说自己准备明年再考一个数学博士学位。我吃惊地说，你原来不是学历史的吗？你还真是考试上瘾了？她坐在对面的椅子里，两只手紧紧握住茶杯，好像在取暖，她整个人变得钝了些，温暾了些。她并不看我，只对着桌子笑道，历史是好，让人清醒，不过数学也很好嘛，数学是最杰出的自然科学，它和历史一样，研究的也是这个世界的极限与平衡，还有无善恶的永恒，研究数学会让人觉得心安。而且，数学家是一群极少带有悲剧性的人，他们那么理性，却能发现一种最精确的科学中的诗性，多好啊。

她的话立刻让我想到了多年前的杨声约，他们的语气简直如出一辙。但我只回应了一句，我是个中学语文老师。

她宽容地笑笑，不再说什么。

最后分别的时候，我还是忍不住嗔怪了一句，你都不请我去你家坐坐？她似乎犹豫了一下，把大衣穿好，把剩菜打了包，有些歉意但很坚决地说，家里实在是太乱了，简直是，怎么说呢，简直是无立锥之地，都不好意思让人进去。我叹口气，说，看来我也不过是个外人。她又笑了笑，把头发捋到耳朵后面，一手插兜，一手拎着饭盒，见我看她手里的饭盒，那只手下意识地缩了一下。她解释了一句，明天可以不用做饭了。我本还想问她一句打算什么时候买房，但又觉得拿这样的问题问她显得很滑稽，便也不再说什么。

我们道别后便朝着相反的方向各自走去，我往前走了几米后，忽然改变主意，掉头跟着她的背影往前走。走了一段路，拐了个弯，她进了一个旧小区的门，我没有跟进去，环顾周围，看到小区对面有一家快餐店，我便走了进去，坐在靠窗的位子上看着小区的门。

我有一种直觉，我预感到今晚我一定会

看到什么。天渐渐黑了下来，一阵晚风疾驰
而过，白杨树金色的叶子在风中旋转，最后
静静落在了马路上，马路在灯光下也变成了
金色的，看上去竟然有些辉煌。大约半个小
时之后，我看到刘静又从小区里走了出来，
还是穿着那件黑色大衣，还是那双棕色平底
鞋，只是，她走得很慢，她身边多了一个
人，她和那个人相互搀扶着，两个人慢慢从
小区里走了出来，好像是准备去散步。

那个人是瘸子，一条腿比另一条腿短了
一截，所以走起路来缓慢而艰难，整个人像
钟摆一样有节奏地向左右摇摆着。我手心里
全是汗，屏住呼吸，坐在玻璃后面紧紧地盯
着他们，又怕他们会看到我，但他们并没有
东张西望，出了小区就径直向右手拐去。就
着路灯和辉煌的落叶，我忽然看到那个男人
有一张恐怖的脸，一道长长的刀疤从他的右
额角一直划到左嘴角，猛地一看，他的脑袋
好像被切开之后又缝合到了一起。更恐怖的

是，我发现我认识这张脸。尽管已经毁容，但我还是在见到他的第一个瞬间里就认出了他。这张脸是杨声约的。

我跑出快餐店看着他们远去的背影，路灯下，他们依然走得很慢，互相搀扶着，一步一步地往前走。路上不时有行人扭脸看着他们，他们不看任何人，也始终没有回头，只是缓缓地平静地往前走。我站在原地一动没有动，就那么久久站着，目送着他们的背影一点一点地消失在了夜色中。